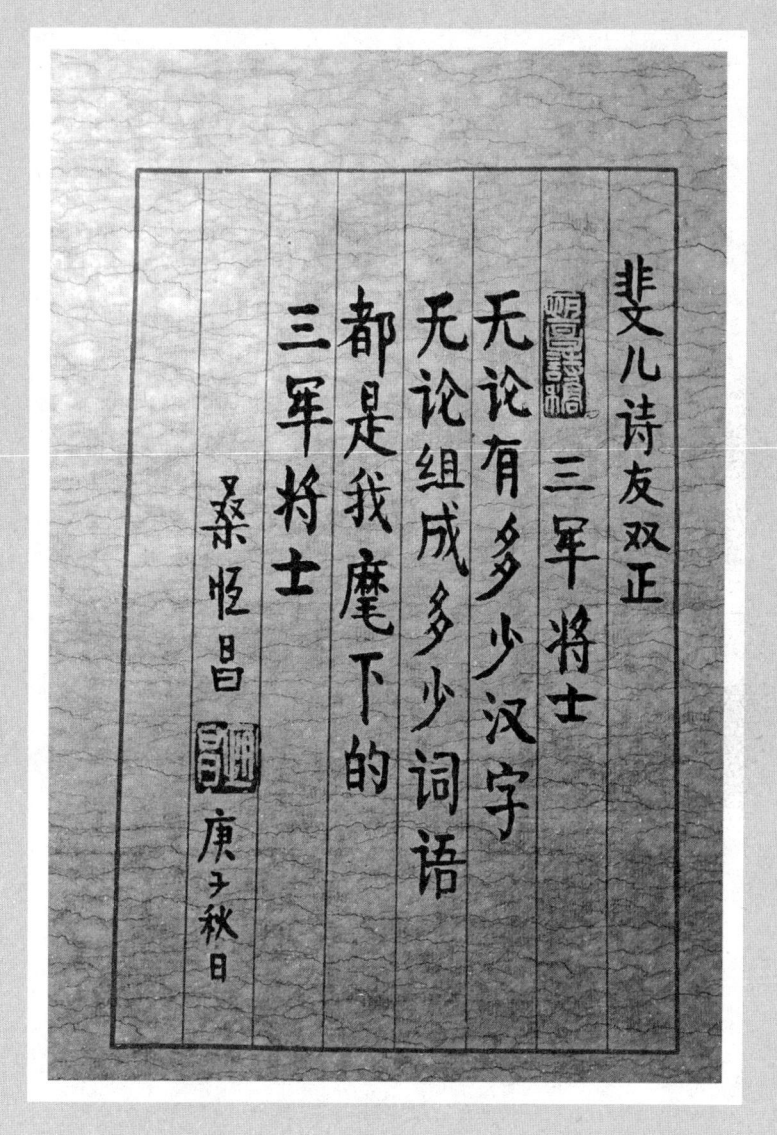

> 菲儿诗友双正
>
> 三军将士
>
> 无论有多少汉字
> 无论组成多少词语
> 都是我麾下的
> 三军将士
>
> 桑恒昌  庚子秋日

桑恒昌，山东德州武城人，历任中国诗歌学会副秘书长，黄河诗报社长兼主编。系中国作家协会会员、中国诗歌学会常务理事。陆续出版诗集20多部，评著6部，评论的文章500多篇。

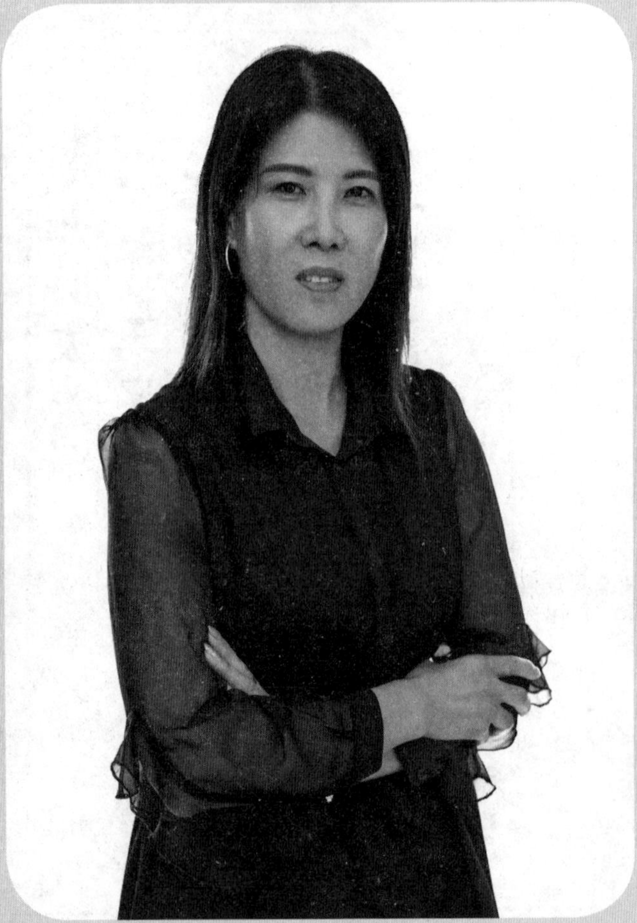

梁红满，网名斐儿，河北东光人，中国诗词网会员，河北省诗词协会会员，以前在报社当编辑记者，多年来一直在文字领域工作。陆续在《诗潮》《诗选刊》《鸭绿江》《现代青年》杂志等发表作品。出版合集《深呼吸》《中国当代诗词集》《中国民间短诗精选》《中国诗歌精选》等。诗歌《你是新的》入选2019年度中国诗歌精选丛书。诗歌《用旧的日子》获得2020年湖北诗歌第二届全国大赛一等奖。行吟诗歌《天子山》获得2020年中国张家界第四届国际诗歌节优秀奖。2019年出版纪实报告文学《温暖一座城》。

# 秋天的红纽扣

梁红满 著

中国书籍出版社

图书在版编目（CIP）数据

秋天的红纽扣 / 梁红满著. —北京：中国书籍出版社，2021.4
ISBN 978-7-5068-8410-5

Ⅰ.①秋… Ⅱ.①梁… Ⅲ.①诗集—中国—当代 Ⅳ.①I227

中国版本图书馆CIP数据核字（2021）第055929号

## 秋天的红纽扣

梁红满　著

| 责任编辑 | 王星舒　牛　超 |
|---|---|
| 责任印制 | 孙马飞　马　芝 |
| 封面设计 | 中尚图 |
| 出版发行 | 中国书籍出版社 |
| 地　　址 | 北京市丰台区三路居路97号（邮编：100073） |
| 电　　话 | （010）52257143（总编室）（010）52257140（发行部） |
| 电子邮箱 | eo@chinabp.com.cn |
| 经　　销 | 全国新华书店 |
| 印　　刷 | 天宇万达印刷有限公司 |
| 开　　本 | 880毫米×1230毫米　1/32 |
| 字　　数 | 200千字 |
| 印　　张 | 8 |
| 版　　次 | 2021年4月第1版　2021年4月第1次印刷 |
| 书　　号 | ISBN 978-7-5068-8410-5 |
| 定　　价 | 69.00元 |

版权所有　翻印必究

# 序

## 梁红满：从阔达与恬静的建构中追觅诗意

牛芙珍[①]

红满是那种想起来就感觉轻松、温暖、喜悦的朋友。谈笑风生中的温文尔雅，举手投足间的稳健刚毅，让我嗅到的是秀外慧中的芝兰之气。初见之时，没有想到她是诗人，及至读了她诗中对自然的赞美与喟叹，对生命的领会和诉说，对社会、人生的审视和观照，我便对她有了一种敬佩之感。所以红满嘱我作序，当即慨然应允。

通读红满的诗，题材多样，形式独特；开阔大气和细致深刻并存；情感与性灵的描写和对生活的展现并存。但最让我印象深刻的是她诗歌鲜亮、新颖、别致的意象营造；开阔又静美，和谐又悠远的境界建构；讴歌生活，把诗歌和当下联系起来的创作追求。

**她的诗有着鲜亮、新颖、别致的意象营造。**意象是外部世界的形象与创作主体的思想情感相结合而产生的全新的诗象，是诗歌艺术极为重要的组成部分之一（另一个是声律），也是诗歌构成的最小元素。在情感和思想的改造经营下，人可为意象，物可为意象，

---

① 牛芙珍：沧州师范学院文学院教授

实体形象可为意象，抽象和虚构的事物、通感和象征的事物，也可为意象。红满诗歌的一个很明显的特点，就是鲜亮、新颖、别致的意象营造，令人读之有新鲜感，有色彩，有温度。她诗集的名称就是以一个鲜亮的意象命名的——秋天的红纽扣。

　　颤动的秋野，交出成熟与沧桑
　　一枝残荷，一杆宋词
　　秋风中平仄起伏

　　秋天的红，就是一枚红纽扣
　　咬紧，回家的每一条路

诗人把对生活的热爱，把秋天景物中色彩最强烈的部分，以欣赏的目光，聚焦成一颗红纽扣的意象，很别致、很新鲜、很有诗情画意，也为全诗的意境建构奠定了基础。

再如，在《春天，是一个动词》这首诗中，"五彩的釉""火红的新衣"和"春，耕犁着月光"都是很美的意象，但我最欣赏的是"春，是一个青果"中"青果"这一意象。提到春天，人们大多会写鲜花、春风、春雨，但写一枚青果就有一种强烈的象征意义。青果这一意象预示着无限生机，但是尚未成熟，这其中以物喻人，希望成长、希望深刻，在青涩中希望收获的颜色，既有视觉的舒适和喜悦，又创造了一种静美的存在。一枚青果缓慢的生长象征着人格的完善，也展现了诗意的张力。

红满还写了不少献给母亲的诗：

　　母亲越活越小，小得如父亲用过的木刨
　　佝偻的腰，接近驼峰

我越活越大，大得成了拐杖
回到家，喊一声：
"娘"——
声音在院子里回响

母亲坐在大门口，成了石头
年积月累，石头开了花

母亲守着家，写一本厚厚的家书
母亲喊我，我就答应
母亲涂点绿色，我就成了草原

在这首题为《我和母亲》的诗中，她把慢慢变老的母亲写成"变小"，如"父亲用过的木刨"；母亲的腰身接近"驼峰"，长大的我成了"拐杖"；坐在大门口的母亲成了"石头"，而且"石头开了花"；母亲抹了一点"绿色"，我变成了"草原"。在诗中，母亲人生中的艰辛，时间中的音容，以及诗人自己的成长，都刻画得栩栩如生。母亲是一本厚厚的书，真实而富有感染力。

在诗中，母亲本身便化为诗歌的意象，这种人物化的意象，更闪烁着人性的光辉。

"咧嘴的石榴，卸下一年疲惫／收起骨骼里的痛，吻／落满朱唇"《小确幸》；"湿漉漉的音符，随风起舞／一壶老酒，挂到空空的枝头／来一场宿醉吧，和雪干杯"《你是新的》。诗歌这样的意象营造，是丰富的、色彩鲜明的、别致的，是有温度的、美的。红满的诗歌，读来令人感受惊喜、心生欢喜。

她的诗有着和谐而悠远、开阔又静美的意境建构。按我个人的理解，诗的意境就是融汇了诗人个人思想情感的意象的组合，从而建构出和谐悠远的艺术空间，红满的有些诗歌，便创造出了这样的空间，并具有开阔静美的特点，我们还用"秋天的红纽扣"这一意象为例。它出现在"粗瓷大碗上的青花""夕阳被敲下山峦""减肥的树"的意象群落中，便产生出了一副开阔而静美的象外之境的画图，诗歌意境便由此而生。通过一枚红纽扣，我们能够感觉到似乎有一件广大的、季节的霓裳，披覆在收获的秋天的身躯上，那一枚鲜亮的纽扣，就是这霓裳最耀眼的所在。一个美好的意象，成了美好意境的点睛之笔，这样的意境建构非常独特，在这样的秋天里有欣喜、有期盼、有自豪、有对生活的赞美和对人生的安顿。

再如《十月，遇见格桑花》一诗：
…………

从雪域高原嫁到生态水城
顽强的生命力，组成桥
我的心有了相同的颜色


静静地坚守着茎骨
关上门，追赶
似曾相识的灵魂


格桑花，一种并不强大的生命，从世界第三极青藏高原迁徙到碣石山下，初心不改，本色不改，而诗人的心也与这生命有着相同的颜色。"静静地坚守着茎骨"是一种坚强的象征，是一种人格化的向往。无论高原还是海滨，无论雪域还是水城，都能幸福地开放。以格桑花为核心意象的意境，展现出一幅壮美的画图与坚韧的人生，包容的气质，共同追寻着相识的灵魂。这种意境超越时间与空间，神与物交融互渗，情与意相互引导，宽广和谐，悠远静穆，触动心弦。

红满尤其善于写出凄美的意境，这是她诗歌的一大特点，这里仅举一例：

《落叶，这秋的眼泪》
…………
已至暮年的蝴蝶，缓慢地
煽动着翅膀，与阳光比高
与黄菊互递信笺，休息一会儿
买好返程的车票
…………
树，忍痛解开最后一颗纽扣
轻轻地走进护林小屋，捧着
发黄的经书，在篝火旁
救赎

时值深秋，蝴蝶已近暮年，此时它仍有两种诉求："与阳光比高"发放最后的旷放和忧思；同时与黄菊传递信笺，同样归宿的事物，相约远行。然后"休息一会儿，买好车票准备回程"。面对永久的沉寂，从容而淡然，确如归去。这样一种意境蕴藉而凄美，没有一丝凝重和哀怨，却让人更觉得意味绵长。

一棵树被砍伐，就像解开了最后一粒纽扣，袒露出自己的襟怀，轻轻地走进了护林小屋，走近篝火，燃烧自己，如读一本发黄的经书，从而完成救赎，就像走向理所当然的归宿。这种意境，凄美中多了几分悲凉和慷慨，使意境更加开阔，"韵外之致"蓦然而生。

红满的诗歌就是以这样独特的内容形式建构意境、观照展现生活和心灵，她开思幽怀远、自然从容、开阔自由地抒写，充分地提高了创作的品质。

她的诗有着讴歌生活，把诗歌和当下联系起来的创作追求。红满的诗，虽然有些作品在形式上有飘洒如意、跳跃性大、氤氲朦胧的情状，但讴歌生活，把诗歌和当下联系起来，仍然是她创作的一个重要部分。她关注现实生活，讴歌赞美家乡的一切：

……
倾颓的院墙，修葺一新
长满荒草的屋脊，盖上红瓦
大门刷上油漆，城镇化巨大的车轮
碾压着古老的土地
……
用一滴水，滋养干涸的乡音
先于奔向我的——
是振兴乡村的"三年规划"
——《故乡的魂》

别忘了，有风
适合授粉，适合播种

把故乡的根，留住
把院落打扫干净，出走半生
归来，仍是少年
——《故乡的屋》

走过去，坐在你的怀里
多么的惬意，多么的温暖
像母亲的臂弯，安静地
等一场雪来覆盖

……………
我从晨曦中取出金钥匙，给这片
树林，涂抹上一层羞涩的红晕
——《那片树林，是珠贝》

这样的美好诗篇、热烈的赞歌，它们都很直接、坦诚、有力、坚定、震撼、鼓舞人心，不需要进一步解读。红满写世界文化遗产谢家坝遗址是"如沉睡的蟒蛇，抚摸温润，有体温"。怀着深切的热爱，客观地描写不断向好的生活，这样的诗歌会自带哲性的提升。

我一直以为，在现实生活之外，单纯地追求诗与远方是一个不太真实的命题。我的一位朋友说，平庸和当下是自带的，诗和远方只有优秀者才能追寻，我很难同意这样的说法。诗，固然要关怀心灵，固然要抒写远方，但只有在庸常的生活中，在与自然的亲近中磨砺、孕育作品，才能使诗意与人生紧密结合起来，才是有背景的形象、有风骨的境界、有生命力的文字，这样的作品一定会给整个创作增光添彩。

诗歌的表达和构成方式，有其独特的审美特点，各种描写手法的运用也可以增强诗情画意，但在诗歌创作过程中，要注意避免过于专业化，既要保持诗歌的飘逸跳跃，又要直指象和情感，以使一般读者都能领会到诗人的基本生活和情感指向。红满诗意盎然，她真挚地书写自己的生活，走着一条多维度的创作之路。

"唯我诗人，众妙扶智。"且为序。

庚子仲秋竞宁斋

# 目录

**辑一**

**开往春天的火车**

父亲,我是你种下的一棵玉米　002
开往春天的火车　003
向北向北　004
废墟　005
你是新的　006
记忆　007
横穿心脏的河　008
静夜　009
站在重阳的门楣　010
一枚月亮　011
中秋　012
夏天的风,翕动我的长裙　013
第一场雪下在身体里　014
春天的分水岭　015
我和你　016
空瓶子　017
酒杯里的乡愁　018
坐在一朵云上怀想　019
旧钥匙　021
麦田,麦田　022
葡萄看着葡萄　024

济南的春天 025

大明湖畔 026

落花吟 027

清明引 029

桃花说 030

故乡的月亮 031

错过 032

太阳花 033

灰色地带 034

麦子 035

万物在夜雨中空灵 036

此刻,凌晨三点零八分 037

祖国,椭圆的抛截面 039

春雨,犁开坚硬的土地 041

清晨和我一起醒来 043

辞 044

惘然记 045

在路上 046

脚印 047

思念里的殇 048

与冬语 049

安 050

海的尽头是岸 051

鸟鸣穿过鸟鸣 052

山无棱 054

喊雪 055

我的姓氏 056

温柔的茧 058

忽已晚 059

## 辑二

## 流向内心的大河

沉默的头羊　062

那些草木都起身了　063

雪，推开冬天的门　064

我是有脸面的人　065

失去　066

在风里等一封来信　067

夏日　068

另一种活法　069

关于爱情　070

痕迹　071

昨天的昨天　072

旧街场　073

以你之名　074

超低空飞行　075

等　077

上邪　078

执着　079

寂寞地行走　080

悟　081

我的白皮书　082

那朵莲　083

引子　084

我和母亲　085

落叶，这秋的眼泪　086

喜欢你是寂静的　087

十月，遇见格桑花　088

小确幸　089

熄灭　090

晚风吹　091

夜的启示　092

触景生情　093

生锈的往事开花　094

掌心里的温柔　095

生日书　096

墙头的草矮了　097

柿子　099

抵达　100

一些延误，让时间搁浅　101

掀起你的盖头来　102

我和父亲　103

两杯咖啡的心事　104

写下　106

一片叶子与另一片叶子重合　107

雨中的红伞　108

信　109

我是深海的一尾鱼　110

背着故乡去远方　111

当太阳落下　112

在人间　113

快与慢　114

握　115

父亲的麦田　116

方向　118

于寂静中退场　120

潮湿的黎明　122

高跟鞋　123

问佛　124

所有的雨都落向既定的路线　125

虚构之美　126

镜子论　127

这杯酒　128

野百合的春天　129

降临　130

都是白的　131

八月，硌疼了手指　132

黄昏黄　133

第一声　135

不一样的呼吸　137

虚掩的门　139

一路向南　140

秋天的红纽扣　142

**辑三**

**触响光阴的琴弦**

光阴的琴弦　144

立春说　145

雨水，抬高了一些名字　146

惊蛰，叫醒了春天　148

春分，均衡的念　150

清明祭　151

谷雨，在母语中蓬勃　152

立夏　154

小满辞　155

芒种，麦子谦卑地低下了头　156

夏至，把激情点燃　157

小暑，划伤夏天的手指　159

目录　5

大暑,在生根的午后纳凉　161
立秋书　163
处暑,卷起了舌头　165
白露,刺破秋天的手掌　167
秋分,叶子又加深一层　168
寒露帖　169
霜降,压弯了视线　170
立冬,黄土地的一声呐喊　172
小雪,回家看看　173
大雪迷失在回家的路上　174
冬至在一枚词里永生　175
小寒不寒　177
大寒,晃了一下身子　178
新年赋　179

## 辑四　雕刻生命的花朵

乡愁,竖起来是一道风景(组诗)　182
一枚小如红心的太阳散发着温暖(组诗)　186
那片树林,是珠贝　191
不朽的遗址　193
我说的蓝是澄澈的蓝　195
乌镇,枕水而居　197
扬州印象(组诗)　199
七里山塘,透着独有的沧桑　204
在淮海战役纪念塔下,听涛声　206
西湖的水,盛在一生的期待里　208

**辑五**

**拨亮诗歌的灯盏**

春天，是一个动词　210

独白　212

相信未来　213

我和春天有个约会　215

一本书　217

一米阳光　218

在春风里摆下道场（外两首）　220

空心稻草人　225

用旧的日子　226


**跋**

源于真情的诗歌　229

斐儿：大运河畔与渤海诗潮双重底蕴诗写　231

## 辑一

# 开往春天的火车

## 父亲，我是你种下的一棵玉米

微风吹拂着玉米苗
父亲弯腰躬身
侍弄着一根根泛绿的青苗

一棵棵玉米，扬眉吐气
像极了年轻时的父亲
身姿挺拔，声音铿锵有力

知了爬上岁月的面颊
大颗的汗水，在半空蒸发
父亲抚摸着田垄，如抚摸
自己的双腿

风儿倦了，鸟儿累了
黄昏裹着整个天宇，父亲
还在巡视着玉米的花期

父亲啊，我是你种下的一棵玉米
土地是你的脉搏，血汗是你的泪滴
收割，摘取
父亲的余生，典当给了这片土地

## 开往春天的火车

慢点,再慢一点
欣赏一下窗外的景,最好停下来
安静地,抱住整个春天

时间一秒一秒撤退,退到了墙角
瞳孔里升腾着新春的火苗,一列火车
已开往春天,沿途的风景
在眼睛里闪动

东方红了,如初生的
婴儿站立起来,我牵着她的手
就像小时候,母亲牵着我

## 向北向北

松开手,把风筝的线收了又收
飘落的记忆,走到了桥头

我要赶在小满以前,把口袋
准备好,母亲说
用一年的收成,捂热生活

走街串巷的南风,灌醉了垂柳
枝条软了,戴上了帽子
她的美,在喧闹中变得安静

头顶的云摇了摇头
嘘,不要说话
三月的镜头里,都是显影液
我们从黎明出发,向北向北

## 废墟

冬越来越深了,像一个耄耋的老人
咳嗽一下,腰就弯了
这根变形的脊柱呀,只能
等待春天再生

拆迁的废墟上,来不及挪移的房屋
如蠕动的补丁,与周围格格不入
像一个瘪下去的气球
只剩破漏的皮囊,矗立在
城市的心脏

没有说出口的陈词,羞涩地
从一扇门蹿到另一扇门
似乎在回忆它一生的轨迹

## 你是新的

一场雪,下到心里
草木不说,乌鸦不说
只有田野在嘀咕

湿漉漉的音符,随风起舞
一壶老酒,挂到空空的枝头
来一场宿醉吧,和雪干杯

脱落的鳞片,独自绽放
别样的美,它与春无关
它落地就融化成新的河流

夜里写出的情书,已寄出
它会用曲线运动,找到你的方位
我的爱,是一条新的直线

我看见细长的晾衣架上,衣服飘舞
像此时此刻的我,笃定
闪着亮光

# 记忆

举起金秋的杯盏,一饮而尽
热烈的,柔软的,意味深长
和闪烁其词的

记忆如桥,从桥头到桥尾
移动着的岸,在芦苇荡的四周
安家

突然感到自己的半生就像一枚钉子
钉在房梁上,牢固得连眼泪
都无法流动

## 横穿心脏的河

关于生生不息的运河,有很多传说
她像心脏搭起的桥,连接长江、黄河

曾经奔流的河水,是历史与历史的整合
她是心灵版图上,最长的风景
她是中华民族血管里,跳动的脉搏

夜泊枫桥,眺望远帆横渡
鲜活的文字,跳进夜半渔火
驮着自己的丰碑,谱成一曲
婉转的歌

## 静夜

静静的夜,像安眠药分解出的
气泡,空寂覆盖着心房

大地如一个酒杯,酝酿
酸甜,半亩月光嚼碎了思念

池塘里的悲伤变成坚硬的石头
来的路和去的路距离一样

远处的风景已瘦
那一抹温柔,握住一片黎明

干瘪的风,侵入身体
泅渡的心呀,辨不清方向

整座城如船,沉在深深的
荒原

窗外的一场雪,斜斜落在眉梢
一只兔子,在夜里翻动着枯草

## 站在重阳的门楣

迎着风,嗅到菊花的馨香
窄小的体内,卷走了深秋的
寒凉,阳光恰恰好

匆匆的过客,骨肉
连着土地,黑暗中
波浪代替着鹅黄

万物缓慢地退缩,移进屋的
植被,无法拒绝光的照射

一些人酣睡在故乡
一些人奔波在路上
一些人把青春点亮
……

午夜,钟声敲响
三两行脚印,倚在夕阳
推开抱住月光的人

## 一枚月亮

一枚月亮,浸在酒杯
轻吻,就吐出
半明半暗的诗句

结伴的中秋,在落叶中疾驰
隐没,出现
覆盖着人间的悲欢

这枚月亮呵,像薄薄的
玻璃,一敲就碎
星点,落满青青的牧场

夜,跌进银河
穿堂的风,身体里
植满果实

对岸,垂钓的人
放飞着纸鸢

## 中秋

中秋,像一个人的名字
流着芳香,带着诗意

走着走着就到了临界点
我在黎明之前,叫醒你

枫叶,红豆
捂不住廊桥边的朱砂
思念,羞红了脸

我从海上踏浪走来
随身携带鸥鸟的鸣叫
一声,两声……
高于岸,悬在高空

一只蟋蟀抚了抚须
用沉默的力气,挺立

月圆了,桂花树倒映着湖面

## 夏天的风,翕动我的长裙

是时候了。穿上我心爱的长裙
和蝴蝶对暗号,与李清照填词

相谈甚欢。河滩之上
每一株青草都小心翼翼地向上生长
没有触碰,弧度刚好

阳光。从空中倾斜下来
滚动的树叶叠着树叶,从泥土里爬出的
青蛙,迎着风流泪

旋转的忧伤。暗藏在胸腔
我长成了一棵树,参天大树
用尽一生,缝补漏掉的空白

那些旧时光,像切糕
一刀一刀抹去,虚构的祝福
将日子重新延展

夏天的风,在裙下称臣
尽情书写的诗行,在纸间
鞠躬,领首

念旧的人,看着照片
将往事——
合拢

## 第一场雪下在身体里

雪,染白了心事
一朵朵穿过我的身体
划出微波,划出涟漪
如众神团座

这冬天的尤物,深情地
亲吻着大地,压弯了梅的蕊
转身,化为相思的泪

白,重叠着,推搡着
从高向低,搬运六角的空虚
慢下来的时光,沉淀生香

寂静越堆越高,自己的
呼吸都可以听见,一颗
空荡荡的心,有树叶飘零
有雪压住

一个崭新的借口
让躺在黎明的人,苏醒
肩头披上一条长长的,白色的
纱巾

## 春天的分水岭

被剪开的春天,分为上卷下卷
上卷枯黄高过头顶
下卷虫鸣守住门庭

风追着风,花朵一闭眼
布谷鸟跳上麦穗的肩头
草籽,把黑夜赶进白昼
把月亮涂满釉彩,如
明蓝,透彻的花瓶

一声急过一声的暮鼓,敲着
吱呀的叹息,铺在回家的路上
旧的日子,挂在桃花的枝头

我的乳名,种在了故乡的胸口
上了轿,已经把雨水倒空
人间的井里,倒映着更深的葱茏

穿过丛林、大海、沼泽
在阳光下喘息,从来不下种子的四叶草
摇动着它自由的花语
虚构一场演出的场景:
细细的枝芽,醉在山头
镁光灯咔咔脆响,指挥棒缓缓挑动

## 我和你

两个个体,独自在不同的空间

从一个记忆穿越到另一个记忆
闪电的文字,心有灵犀

古老的城,筑起花香缕缕
侧影,被一枚落叶托起
放掌心吧,不需要任何表达

目光磨薄了厚厚的云,银河的水
解开了衣衫

抚一抚滚烫的脸,说一说天上的月色
爱,独自押运地址

余晖散尽,褪色的黄
晃着脑袋,拼命想洗白自己
堆积,心中的火山爆发

木头衰朽,像根自言自语的浮雕
此刻,灯光亮起来

## 空瓶子

倾倒出半生的话语。成为一个空瓶子
干瘪的皮囊,虚构着尘世的荣枯

谷雨至。交出一坛子的晨光
交出滑落的夕阳,瞳孔里闪现出
绿松石的目光

日子在日子中逐渐老去,扶正的名字
像一只只蜜蜂,在花朵中嘶鸣
嗡嗡嗡,腹剑慢慢錾出了蜜

突兀的白,被银河系揉破
满地的碎片。你爱上了空旷

无人的夜里,你在赶路
只为了逃出瓶盖的束缚,我等你说
等你,自圆其说

海岸线越来越长,恍若地球的拐杖
没有风,思绪在浊与清之间
跳上跳下

## 酒杯里的乡愁

透明的酒杯,盛满乡愁
像干裂的伤口,藏匿着生活的霉味

斟满这杯酒,解冻的虫吟蝉鸣
轻轻摇动,叠高的影子
把亲人的问候,写在更宽的河流

黄昏驭着夕阳,沉入
又荒又深的芦苇荡,搬不动的
天空,空得如一只空洞的眼睛

夜深人静,月亮的光反射到经书上
心如止水的我,任孤独刺向周边的
道场,我还有爱
还有微笑,还能辨认回家的方向

灯火拖住远行的脚步,心中呀
长出无边的草原,思念如蚂蚁爬行

怀旧的口袋,把我装进去
变成孩子,老房子的门口
奶奶讲着讲着……

院子里的那棵酸枣树就开花了
枣红了,红得像我的脸

## 坐在一朵云上怀想

寂静,来自几十万个浓缩的面孔
指针划破江面,那些连接的藤
在桥上,一块一块形成链条
贴近,奔走的心灵

苍穹高远,我在一个容器里隐居
看风暴,听嘶鸣
转动的纺车,缠着绿线运行
织物如蚕丝,披我薄薄一层

秋渐凉,我如凋敝的玫瑰
蜷缩在自己的影子里,任风拆走我的筋骨
我活着。身躯一弯再弯

与泥土约定位置,让枯萎的叶子换血
浓浓的汁液,在一条河里让我重新命名
未标记的心,飞过黄河
一路南行

目光磨短了太阳。标点符号忽略不计
我在一张白纸上放牧,用修辞来消除孤独

大片的草原,像无碑的墓地
羊群下沉,一曲悲歌传入耳中

山川河流，村庄高楼
我所敬仰的万物，如一只大鹏
护送着季节轮转

背后的幻想，高过我的头顶
半羞半喜的脸，在月光下
隐藏

## 旧钥匙

一把把旧钥匙，曾经打开一把把锁
从喜悦入眼，旋转
波澜不惊，守身如玉

我看到它的嘴，含着铜
含着银，还含着金屑

多么的悲剧，若干年后
像垃圾，随意丢弃

高高在上的是另一个自己，一站
影像成形，琴弦淡出视线

黑夜白天，在半片契约中翻动
钥匙被忽略不计，那一刹
我深深叹息，人工智能的发展

我的密码，扑向自己的影子
墙角挤满灰尘

## 麦田,麦田

麦子跟着口袋回家了,留下麦茬
板寸的头发光秃秃,只有麻雀的
叫声,呼唤着曾经的恋人

麦田,用它宽大的手掌
抚摸着羽毛,一根一根
把母亲的头发数白,把眼睛数花

麦穗呀,早已交出沉甸甸的爱情
交出盛夏的南风,抬高的天空
把思念的种子,植入故乡的版图

麦田宽阔了,亮堂了
一碗麦香,哄睡清瘦的月光
没有声音,麦粒躺在马路上
也睡着了

老黄牛在悠闲地吃着草,蹄印
修补着漏洞,如一块画布
绵延着父亲的目光

大小不等的立方体,像魔方
分开合并,再分开再合并
繁华落尽。移动的季节变换着色彩

空荡荡的麦田,坚守着原有的初衷
古老的村庄,像一本厚厚的书打开、合上

时间反复着,一次伟大的旅行
酝酿在黄昏的路上……

## 葡萄看着葡萄

一场雨，洗刷了张晓静家的葡萄园
亮汪汪的眼，与她喜结良缘

那一瞬，她牢牢捏住不安
像一只啄木鸟，敲击着空空的树干

翻腾的香气，推开嘀嗒的时针
一杯自酿的葡萄酒，泼出黄昏

一只啁啾的黄鹂，跃上枝头
并认为，这里就是它的天堂

巨大的静，织补着葡萄园的漏洞
一针一针的线，连起琐碎的一生

银晃晃的镯子，套在她的手臂上
周长是拥抱的半径，她在逐渐缩小

额头的汗珠，擦拭着她的皱纹
她在那里，就是一株成熟的葡萄
它中有她，她中有它

## 济南的春天

打开册页,一滴墨香
把济南唤醒,弱不禁风的
季节,分娩着疼痛

趵突泉的水,如注涌出
映着模糊又清晰的面孔,僵硬的身体
撑破天幕,眼神成为一种风景

风柔了,雨水也有了温度
我掏出结茧的心,放在炉内烧制
千古的夙念,慢慢地
煨养着火苗

黄昏里,我投掷大把的修辞
顺着一根常青藤,缝补丢失的光阴

四月,把玩着柳树的手
温润如玉,如古典的美女
凹凸间,疏朗的线条
婉约成诗行

夜半,让月光拨亮寂寞的灯芯
故事里的故事,有着玻璃的透明

红光满面的春风,飙升
一吻钟情

## 大明湖畔

夜,温柔地呼吸
一张一合,把蛰伏的梦揽在胸膛
十里长街,任四月的春水汹涌

大明湖畔,垂下头的柳绦
慢条斯理地梳理着长长的头发
摸一摸,如绸缎
再摸一摸,有人唤我的乳名

起伏的浪,忽高忽低
望断处,一叶舟搁浅在岸
渡口,蓑衣,斗笠

雨未歇,一支竹笛
吹皱整个湖

## 落花吟

一树一树的繁花，翩翩如雪
飘落，莫名的哀戚成河
一切回归本真，街道
初显黯淡

背上隐约的花纹，越来越窄
包括我。只是一个过客
走进泥土，空间敞亮了

无法围住的风景呀，像一堵颓墙
驮着夕阳，在残缺中
静卧

向落日讨要一枚印章，妥妥地
盖在额头，似曾相识
花瓣上有我的面孔，紧紧贴着
像一个亲人搂着，从没有离开过

或远或近，穿越长长的孤旅
把母亲的叮嘱，织成围脖
在一粒干瘪的稻谷中，我看到了另一个我

青草蔓延，鸟儿铺陈着黎明
转身，暮色中
那挺拔的身影随岁月老去

我依旧是我，越活越小
仿若是一件旧衣裳，在树下
低于它，站着仰望

故乡呢，淹没在高高的楼群
谁能预料，下一刻
汉字生长的田野，可有群山的巍峨

有点慌乱，有点冷
麦田被风吹起波浪，我的胃里
分泌着悲伤……

## 清明引

这一场雨下到上一场里,雨水冻结
回忆,青草匍匐
坐在枝头的桃花开了又谢

墓碑上的铭文,每刻一刀
心就疼一下,就像一截枯枝
被燃烧成灰烬,光明醒着

而你却在黑暗中睡去
清明,来路和去路一样长
犹如印章
在广袤的大地上耸起,伫立

用叩头的方式,在火焰中
瞅见你的房子,黄昏的红
在滴血

大风吹,又流泪了
我如草木一样起伏
如罂粟,芳香不知归路

我想起抽象的字符,看到了你
就如看到我的以后……

## 桃花说

握手。桃花扇面打开
灼灼的眼眸,吸引了多情的
蜜蜂

牵着。一步步滑入寂静
卡在喉咙的话,对着
一面镜子,说出

桃花嘟起嘴,耍起小情绪
我选择了原谅,不指责她的放荡
与狂野。而是,把酒言欢

而是,把洁白的哈达
围在她的脖颈上,像一只
白颈鸦,放生在闲云之野

甜言对甜言,托举着
越来越滚烫的舌尖,一个轻音
让这个季节,退到不能再退
比如此刻,一种喜悦撑开我的唇

## 故乡的月亮

村庄越来越旧，如一条鱼
风一吹，鳞片就簌簌地剥落

荒芜的院子，沉静沉默
耧、耙、犁、镰刀，堆在墙角
像沉睡的含羞草，轻触
那么多的忧伤

大批人背井离乡，炊烟、田野
那红色的屋檐……醒来
两手空空

荒凉中，守家的老人
紧紧攥住乡音，把炉火烧旺
沸腾的开水，蒸煮进村口的坑塘
一种乡愁的味道，越来越浓

裸露的肌肤变得枯黄，斜坡上的树
星星点点，凝固的呐喊声
淹没在锈蚀的铁锁

一对耄耋的老夫妻，拄着拐杖
站在村口，眺望着远方

故乡的月亮，眨眨眼
升起来了，还是儿时的模样

## 错过

当一个人,错过一个季节
错过苔痕上阶绿的江南,还会有春天吗?

当叶子长出翅膀,用一滴露
抱紧风,离去
只是一个简单的动词

四月的帷幕即将落下,像在演戏
告别在一场雨中
微薄的爱,沾满尘埃
我的眼,蓄满将落未落的泪

隐秘地浮动,越过楚河
摇动着空缺的椅子,不用掩饰
语言都是多余

夜晚的火车,咣当咣当
衔着时间奔跑,黎明的曙光里
有几声低低的鸣叫

## 太阳花

写下太阳花,就感觉到温暖
如一道光线,闪耀在立体的空间

光艳的外衣典当给花园,三月
为媒,吉时就选在今天

高一声或低一声的喜鹊,衔来
春天的信函,青石桌上礼品已摆满

一树的桃花呀,数着归期
春天正在点名,一个又一个孩子
接踵报道

半边天烈焰红唇,触及的香茗
一沉一浮,诉说着日子的甜

窗外,太阳花
悄悄转动着,向心生长

## 灰色地带

鸟儿飞出水面,鱼肚白
打翻了蔚蓝。俯仰之间
怀揣的小心思,在颠簸的船上
集成一个点

比绣花针还小。身前身后
灰色的地带,无人能到达

不用辨别,浪花认出了
歌唱的孩子。一圈一圈的涟漪
长出触角,抱住独舞的脚印

更多的想象,把宁静分开
视线中,乌龟晒晾着躯壳
游离的眼神,没有道理可讲

我陷入干热风吞噬,像一条鱼
像落难的海藻,在罅隙中
夹叙夹议

皮囊干瘪下去,擦洗着浊水
默哑的生活,埋进泥土
遍布腥味

# 麦子

麦芒，划开沙沙作响的日子
穿过黑暗，把乡愁翻译成月光
一闪一闪，敲打着盛夏的池塘

老黄牛拖着缓慢脚步，把五月踩圆
勤快再勤快一点，一季的丰收
在二大爷的吆喝中，收进谷仓

麦子顶着烧红的盘子，叶子已发黄
爱也会发黄，漏掉的问候压进喉咙

麦粒在机器的轰隆中，滚动
将幸福摊晒，深深的酒窝里
有你的香吻

一双沾满泥土的布鞋，对称着生活

## 万物在夜雨中空灵

写下雨,就写下一种心情
万物拔节,我在一滴雨水中倾听

夜雨,敲打着小城
锻造的琴音,平稳、沉静
一朵朵梅花绽放在冰冷的山峰

从一滴水出发,以江河的名义
点化夏的额头,垂头的蒲公英
发出尖叫,久违的遐思跃上枝头

一只只灵动的蝴蝶,展示着轻盈的
舞姿,我知道
一颗空灵的心,找到了曲径

舌苔发绿,时间一点点稀释着鸟鸣
喂大的七月,微隆的小腹
越来越迷人

牧羊人赶着白云,在山坡上
绣一幅幅写意

## 此刻,凌晨三点零八分

黑装着黑,墨一般的夜
无限延伸,空空的静
我能听到大地的心跳

此刻,凌晨三点零八分
我醒了,看着窗外
一颗黑棋子对着一颗星自诩

暗伤,是轻的
像街上飘飞的绒絮,从高空砸向
另一个角落,生命接近停顿

树穿上了新装,走向季节的深处
我抬头,拉伸脖颈
感到凸起的骨头,莫名的痛

无关月亮,无关太阳
只有一盏台灯,陪着我
我在一页稿纸上临摹着江南的风景

一截夜晚,一截路程
灯光之上,抑或是清新的黎明
风在行动,潜伏的草木皆有情

我提着沉重的包裹,沿着时间的槽

滑动，命运的滚珠
把我缩成一个黑点，像一只染色的蚂蚁

起点，终点，写在一张车票上
我坐上绿皮火车，抱着一罐
自酿的蜜，喂养悲伤

趴在天空的连翘，是悬壶济世的良药
夜空中的街市，比我们想象中繁华

我仿若一朵盛开着的棉花，咧开嘴
在黑夜中，露出洁白的牙

## 祖国，椭圆的抛截面
　　——向建国 70 周年献礼

窗外，红与绿交错
拥挤的队伍，唱着国歌

太阳拍手，群山巍峨
向日葵将籽粒，一颗一颗按在身上
脚下的泥土，在宽大的荷叶上跳舞

河流越流越慢，慢得可以装下航母
一把锋利的镰刀，看守着家园

几声布谷鸟的啼叫，给旧日子画上
句号，西柏坡的花儿
开满山坡

站在长城上，看母亲的肋骨
一根一根泛着光，她的眼神
把魑魅魍魉驱赶，转眼间
春天来了

那些小小的，挥之不去的伤疤
任岁月着色，取出黑暗的伤
一针一针缝合

亲爱的，我们早已直立行走

世界的领口和腰带上都绣着——中国

宗祠上五千年文明，不可复制
请相信深埋在心里的祷词，装点着
万里山河

我们停不下来，跟着党的脚步
怀初心，担使命
在祖国的抛截面上，安心入眠

就像母亲摆渡着船，载着我
一直向前，向前……

## 春雨，犁开坚硬的土地

清晨的雨，淅淅沥沥
像苇席，像渔网，像高过头顶的荣誉
压弯了故乡的腰

酣睡的鸽子，抖着羽毛
扑棱出一汪绿，更深的秘密
等待揭示

父亲，额头沉寂的皱纹
像一块犁开的田地，一翻再翻
生锈的锄头，抵抗着衰老

千疮百孔的大地，硬得咯疼了
舌尖，垄上的麦子
在一茬茬的汗水中饱满，挺立

时间，如蚕
一点一点吞噬着日子
余下的，痛饮一杯吧
就着西风，为暮春送行

一点红，追撵着东方
那个坐在石头上的人，在村口
坐了百年

季节的诏书,打开
更深的春色里,我喊出
一个热热的名字

## 清晨和我一起醒来

睁眼,看到这个鲜活的世界
从黑到白,枯竭的思想
攀爬在秋天的支架上

露水,安放我疲惫的欲望
婴儿的眼睛里,进出熟悉的街道和人群
我知道,这是开始也是告别

河流退到河流之上,微小的幸福
谦卑地鞠躬,低头间
从经书里走出的花朵,一片片复活

绽裂的红唇,吻着每一株植物
身体里坚硬的窑洞,渐渐打开

我像一只蚂蚁,扛着食物艰难爬行
远离喧嚣和繁华,与黎明和夜晚
屏息相拥

秋风中,那些禽动的修辞
止于沉默。每时每刻
爱,延续着

一根吸管对着太阳,静下来
认认真真地听,周围发出
微弱的喝彩声⋯⋯

## 辞

说出的话。关在门外
爱过的人,储藏进盛唐的橱柜
打开,每一个秘密暗藏香味

许多往事,以雪花的名义化作尘埃
最后一朵南瓜花呀,赶在白露前
已坐瓜,时间恰好

起点和归宿,是一条线
中间的日子,我背回春天的屋檐
我看见——
你的名字,落在我的舌尖

吐出来的凉,如漏掉的月光
虚虚实实,长满岁月的河床

我手持酒杯,灌醉田野
那羞红的脸,紧贴吹皱的湖面
心有灵犀的人,捧着谷物的金黄
走着走着,把自己走成了晚霞

影子孤寂,像一只在草窠停留下来的鸟
怀抱风霜,孵化成石头
眼脏了,无泪可流

## 惘然记

一遍一遍翻着旧相册。泛黄的图像
打开阀门,冻伤的脚丫
又疼了

数字只是数字,一地的回忆
爬满青苔。刻在船膀上的字
张开翅膀,略高于岸

老房子变成新房子。丢失的青春
和童年的梦,空了

故乡的老槐树,猛吸烟头
烫伤了初夏的眼眸

麦子熟了。杏也熟了。桑椹也熟了。
就这样一直走下去,微微发热的泥土
保存着洁白的根须

这是温暖的子宫。多个复制的自己
齐刷刷,陶醉在大写意的田埂

备好,路费、粮食和水
安一个家,替故乡的亲人
活着

阳光很暖,我和柿子树并排坐着
坐着。最后的最后
拼接在一起

## 在路上

夏花、夏果拼命地生长
穿过阳光的罅隙,一场采摘的手术
熬红农人的眼睛

焦虑,编织着我的长发
一绺一绺,分层次递进
依岸,眺望着流失的六月
第一场雨,酣畅淋漓地浇透吾心

河床上的木船,相濡以沫
往事、过去、从前
在伤痕累累的脸上写下斑驳
一片杨树叶,轻轻地捶着胸口
一个小秘密在角落缓步走动

四面都是方向。坐下来
倾听着自己的呼吸,低语
站在车站的出口,任一撮火
把我的目光灼伤

此刻,我的心越收越紧
变成一条细弱的小河,喧哗蔓延着
淹没了一个老朋友的呼喊

## 脚印

从出生到长大,脚印就形影不离
从蹒跚到站立,从站立再到蹒跚
时间没有留下间隙

来处是母亲的子宫
去处是和子宫一样平坦的大地

细数着走过的路,像蚂蚁
爬进爬出,一低头
我看到亲人们一直在缩小,一直在
减少

耗尽了我的青春和眼泪
步伐,由一根筷子变成了
弯腰的向日葵

逆流而上的鱼,在咸咸的
海水中,寻找着自己的外衣

上升的日月星辰浮出水面
晚风中,我给灵魂安了家

蔚蓝的浪花,装下所有的脚印
我躺在地平线上,收下怀里的
一个个黄昏

## 思念里的殇

白白的月光,将思念压扁
扁得成一条缝,如眯起的眼
睁开,又一个黎明

孤鸟,蜷缩在巢穴
就像我的心,长满荒草
在一场猎猎的风中,守望春暖花开

蕴藏了一季的殇,穿上冬装
只为等你,踏雪而来
交出倾世的柔情

浩瀚的泪,如雨流淌
洇成红梅,无须说出
爱,就在那里

## 与冬语

一棵树在翻阅着丢失的往事
每一片叶子,就是一句想说的话

黑与白映在墙上,手心的温暖
像底片,叠进母亲的针线

无根的心,如透明的玻璃杯
轻轻地一碰,谎言碎了一地

今夜,月光如水
我踩着月亮的唇印,缓慢靠近
时间的钟摆,动了一下

# 安

安。温暖了整个冬天
如菊,仰视着,灿烂地笑
三三两两的心事,化作深闺幽怨的叹息
十月,我打包,成捆的快递

窗下的红辣椒,羞赧到耳根
向下,向下,弯下的腰身
和风较劲。镂空的雕花笔筒
装满谁的回音

别。在唇间流出
许多的甜言蜜语,踮起脚尖
随着黑色的裙子旋转,一坡的柔顺
一梳到底

离。一切变得不可预料
割开的双眼皮,抱着眼睑
就像云层环抱群山,我裹紧皮袄
在阳光下,找寻归根的宿命

一转身,我白了头
留下两片雪花,互相问候

## 海的尽头是岸

看到海。我的心又宽了一寸

水上行走的人,划开微波
一道长长的疤痕,如刚刚做过剖腹产女人的身体

海被填充。船搁浅
闪烁的光影,刺穿蔚蓝
手握桨的人,沉默上岸

海藻在水中变得单薄
如蚕丝,被黄金分割

反反复复地呼喊,淹没了
单调的色板,岸上的脚印
被潮汐席卷

沉默这把刀,割破喉咙
血奔涌大海,一双手
捂热疼痛,云拿它的名字缝补

靠港的帆逆风而上
点起渔火,把黑夜焚烧

居高临下的温暖,抵达
坚硬的腹地,丢失的梦
无限接近云端

## 鸟鸣穿过鸟鸣

三月。长短不一的鸟鸣脆响
从一个房间到那个房间,竖起的耳朵
追赶着它们的方向,陌生安置在陌生的地方

凸起的屋脊,驮着太阳
阳光打着转,一排鸟站在瓦砾上
像坐标,又像路人来访

这个春天,足够悲伤
辟开病毒的核,把僵死的万物敲活
刹那,一树的梨白

醉了的云朵,站在头顶
寂静的,让我感觉
在看一部黑白电影

风唱着歌,一阵又一阵
喳喳喳,春天的酒杯被压碎
零星的碎片,划痛眼角的青盐

目光,比时间更薄情
我低头。冥想
滚烫的炊烟,是空中放飞的纸鸢

满树的香椿芽,舒展腰肢

喊出尖叫声,像一只海鸥
兴奋地抓住浪花

鸟鸣穿过鸟鸣,婆婆纳的身体里
长出一颗跳动的心脏

## 山无棱

棱角经过岁月的洗礼,平了
目光也变得呆滞,就像一棵老槐树
守在屋外,痴痴地等——
心中的那个人归来

漫漫长夜里。想起梦呓里的呼喊
冰凉的房间,装下一座山的
欲望,黑暗掩盖着黑暗

钥匙,打开平淡的抽屉
躲在角落的火柴,寻找着磷火

风的手指,和我相遇
起伏的大地,一片涟漪

一根芦苇,光洁如我
赤裸裸地来,赤裸裸地去
苍白的头,砌在瓷砖的墙上

西窗冷雨,举一阕小令
做伞遮寒,心像掏空的木鱼
敲着坚硬的壳……

## 喊雪

对着天空,喊一声
小雪就结伴走出来
簇拥在屋前屋后

这天使的白,如初始的小生命
灵动、羞涩,层层包裹着
褪去黑暗中多余的污浊

她咬着我的耳、我的唇
像一个久别的恋人在亲昵
嘘,不许说话

她伏在肩头,哭了
打湿了衣衫,燃尽一生的激情
多么短暂的结晶,就几秒啊

光秃秃的树干、荒草
矮墙,白了头
簌簌,一闪身
变成了鱼,游走

## 我的姓氏

父亲给了这个姓,一辈子就顶在头顶
不篡改,不势图
只等到达终点,写入泛黄的族谱

偏居一隅。看着绿叶翻转
匍匐的心慢慢靠近泥土,无法耕种的田
像一枚胸针,别在母亲的胸口

草木之身,是上帝的雕塑
接受了夏阳的炙烤,淬炼
越活越觉得,像一个晚风中飘荡的布条了

任风吹,任雨打
我的姓氏呀,在空旷中
敲打着干瘪的椰子壳

敲一下,大雪下一次
累积的白,环抱着屋顶
他们穿了半个世纪的衣服,开始瑟瑟发抖

一个梦追赶另一个梦,内心的那一片净土
向空荡荡的城市臣服。月光照在身上
蓦然有悟的信,在水面浮出

那一瞬,我签下名字

仿佛签收了一袋大米,那一团糯香
让我找到了另一个自己

锁骨下的套链,是一只蝴蝶
她振动翅膀,飞起来了

## 温柔的茧

破茧而出的蝶,挣脱意念的缰绳
在辽阔中,自由飞翔

巨大的云层,埋葬了闲暇的海洋
多么的惬意,这是最快乐的时光

快过了一辆动车的呼啸,忽然有人在耳边
轻轻说:留下来吧,亲爱的!

时间翻看着泛旧的照片,胸口疼
这个季节,留下天马行空的孤独

掏出身份认证,一扫
二维码需要维护。秋草已经写好悼词

没有悲伤,用最后的力气
悄悄打开自己。当夕阳隐没

朦胧的词就变成黑夜的诱惑
天亮之前,给你一个承诺

## 忽已晚

（一）
卡在喉咙的硬物，像鱼刺
不能说话，无法呼吸
死亡一步步逼近

黑暗在黑暗中停留，颤栗的夜色
比以前又薄了一层。手中的灯
恍如盛开的花朵，轻咳一声
疼痛，注满微芒的身影

半个月亮，把平淡的日子浣洗
一截铁轨，默默地
眺望着远去的火车

（二）
后退的行道树，收割着轰鸣
蜷缩，蠕动的影子噼啪分开
碎成星星。完整的人，醒来又睡去

忽已晚。陡生悲凉
浑圆的身体变得干瘪，心中的
那只老虎，奄奄一息

一个把远方标注目标的人,走着走着
被一望无际的空山埋葬。乌鸦
又飞回自己造的巢,一切如常


(三)
万物在季节的托举之中,交出丰饶
这片土地有了归属感,不知不觉
亮开了嗓子


黄昏的暖色调,渐渐外延
外延。红彤彤的秋天
与庞大的自然对话


忽已晚,岁月又深了一寸

## 辑二

# 流向内心的大河

## 沉默的头羊

秋天黄了,枯了
狗尾巴草聚拢了,站立成
一把拂尘,清扫着额头的霜花

低垂的云,来回走动
把暗语,刻在静坐的石头上

赤裸裸的阳光,照着洁白的
羊群,头羊眉毛、胡子都花了

一架云梯搭在背上,云和羊交融
踉跄得风,伸出老态龙钟的手
抱紧头颅,漫过尘世的目光
在皮鞭声中苏醒

一种不可抗拒的力量,刺穿身体
心,一寸寸塌陷

枯竭的宿命,在疲于奔波的
草原上,延续着新生
寒冷凝结成冰,温暖
吐出一个春天

天,空无一物
牧羊人望着远方,羊群望着他

## 那些草木都起身了

放下高傲,放下自尊
谦恭地弯腰,低头
带上冬的叮嘱,收拾着残局

一层一层老茧褪去,把激情和远方留给了你
配得上你的不多,只有这个季节就适合

我折叠一千只纸鹤,给光阴上锁
是时候该起身了,那些不舍,那些依恋,化作虚无的花期

短暂的别离,衣襟上别上相思扣
心上披一件袈裟,坐下来
暂时皈依

简短的话慢慢说,也许在一场雨中就会邂逅一场艳遇
油纸伞、丁香姑娘、窄窄的雨巷
回眸处,江南的乌篷船正在出发

可有
我的青梅,我的竹马

## 雪,推开冬天的门

从梦中醒来,白
覆盖着伊甸园,明晃晃的
光,在黑暗中眨着眼

捧着飘来的尤物,在神的
面前,轻轻地亲吻
幸福的泪,敲开了冬的门扉

曾经的旧街巷,排满拥挤的
脚印,教堂的钟声已过
童话般的爱情,碎了

红红的蜡烛变成暖暖的阳光

夕阳中,麦子踮起脚尖
转身,看到了春天

## 我是有脸面的人

背着沉重的行囊,踉跄地
走在路上,我看到洗白的
月光,怀旧的人
坐在墙外,没有说话

成熟的心,如洋葱
层层剥开,不觉得痛

我想,是时候了
当掉我的影子,和以前作别

伤口保持着沉默,所有的
花朵已枯萎,像交织的网格
纵横脊背

一棵朽木,在清晨的
熹光中,醒来
掸掸身上的灰尘,微笑着说:
一生比砝码还要轻,只有
雪可以在天平称重

## 失去

说到失去，就满目的荒凉
捧起的笑容，流逝在手掌

试着，拥抱桃红梨白的梦
你的背影像昙花，一现就一生

枯树抱紧泥土，守着
当初的诺言，以冬眠的
方式等候着再生

那些铭记烟尘的往事呀
如高亢的音乐，进退收缩
意料之外的一抹绿，踩着田埂
到达田埂

我对着旷野高喊，喊一声
麦子白了头，再喊一声
木梳子断了齿，凌乱的风
呜咽着离歌

月光收割着孤独、寂寞
如散开的书，空中飞舞
略带风骨的文字，对着
窗外，说出自己的爱

## 在风里等一封来信

时间是一列奔跑的火车,我
恍若一棵树,静静地搬运着货物
陪着空椅子,等风中的来信

一片片阳光抽打着更大的冷
心底的那一枚红,顺着风道
背叛了方向,卷弯的
月牙呀,丢下星星
日夜念诵着经文

举杯,清空杯里的底色
泪,悬而未落
心里住着的一座城,是几何图形
我进不去,里面的人也出不来

案头的书,落满灰尘
翻到最后一页,也没有结尾
把它锁到抽屉吧,这个荒凉的
季节适合收藏

落日,卑恭地匍匐在麦田
掏出火种,点亮炊烟
透明的念,压弯
在枝头哭泣的雪花

一张怯生生的面孔,小心翼翼地
一遍一遍打扫着脚踝的落叶
光照着他的身影,越来越长

## 夏日

花已盛开。嗡嗡的蜜蜂
追着花期,晶体填满蜂巢的孔
粘稠的甜,搅动着舌尖

拥挤的的身体,像一个盒子
倾倒出一地的口水,近似于一场喜雨

从天黑到天亮,从天亮到天黑
一帧装裱精致的水墨画,氤氲出石头

卑微的草,伸出长长的手臂
向夏日讨要一句"我爱你"

回答是漫长的等待……

## 另一种活法

以梦为马。渴望一场宿醉
犹如火种，神秘降生
嘿，亲爱的，这是神赐予的梦境

每一片云，隐藏一句话
连起来，就是虚拟的桥
怀念的人，坐在岸上
抱着双肩，任风习习吹

从清晨到夜晚，一言不发
一座潮湿的房子，如安静的禅院
我坐在蒲团，守护着内心的俗念

溪流穿过身体，穿过新奇纷繁的悬崖
虚幻的天空倒过来，我捧着棒棒糖
跳舞。无边的静压着静

祈祷声、钟声，合鸣。
一炷香缓缓烧尽，恍如人间的一生
明灭间，重生

一颗成熟的桃子，交出嫩白的果肉和核
祭奠，无从考证

## 关于爱情

一对绿花有耳瓷罐,里面装着奶奶的爱情
有微甜,有苦涩,也有幸福

二十年代的她,笑靥如花
跟着爷爷在狭小的,逼仄的
黑陶一样的老屋,打理着全家的生活

这是奶奶唯一的陪嫁。一直摆在桌头
平淡的日子,一双温暖的大手
摸到她的手,这就是那个年代的爱情

她每当站在树下,看着日渐掉光羽毛的
老屋。心就像榆树叶翻转
感伤油然而生

想起那是爷爷种下的树,这么多年
累了就去树下坐坐,和它说说话

木格子窗,框住她的一生
她像麦子一样倒伏下去,身体缩小成像
挂在墙上

时间围着地球的轴心转,她紧紧抱住那棵树
风沙沙响,一颗流星划过夜空

## 痕迹

飞机掠过高空,长长的尾翼
闪电一样切开云层。久别重逢的
朋友,手挽着手

不断拉长的线,完成生命的救赎
于安静处,捧出大地的勋章

忠诚的痕迹,无限跟从
恍如扑棱着的鸟,低头仰头
短暂的旋转,野心在扩张

尘世从未忽视它的存在。隐居在暗处
像喝醉之人,倾倒出最后一滴酒
原处,辽阔的空

许是了解线路。许是饱蘸墨水
笔与纸的约定,恰如其分地
拼写出锣鼓之音

足够放下一座山,足够放下走过的
路。由泥入云
花朵变成坚硬的石头

岁月越来越薄,陷入一杯酒的
小欢喜之中。草木之人
开始在阳台种植落日

## 昨天的昨天

昨天是一颗星。睁眼闭眼之间
寂静裹着寂静,灯开了又关
一个影子贴在墙上,或左或右

无数昨天聚拢成风,很大很大
吹破了天空,雨一直下……
此时,我恍如一根木头
杵在那里静止不动

鱼肚白踏着露珠降生。它用长长的
绣花线,申起昨天的昨天
包括时间

回头看,昨天的昨天还是昨天
它像一匹快马,在我身边掠过
我的发际线越来越明显

## 旧街场

老屋子，老门窗，老砖瓦，老街巷
它们是来自一个朝代的亲戚。它们
凝视着太阳，像朝圣者凝望庙堂

那些曾经的骄傲，是一张单程车票
线装书的记载里，可以触摸
飞翔，心跳

泛着釉光的街道，与暮秋一样
着一身黑袍，按住自己的影子
缄默成一座雕像

风吹过来，它们握住的烟斗
还在冒烟。就那么一闪
恍如夜晚的桅杆

排列的纽扣，一颗一颗扣好
完好的衣服勾勒出一道街景。那古老的歌
到处散发着青苔的味道

木房子居住的人，推开窗
两只喜鹊静静在鸟窠里，与树冠融为一体
就像这屋，这街，这巷
连在一起

它们活着，入夜不休
它们的血脉里，分娩出一个个后裔

## 以你之名

夜晚,打烊的酒馆
很静很静。散去的人
在薄雾中,交出稀疏的背影

来回摆动的左手和右手,与疾驰的汽车
相向同行。一轮又一轮的碰撞
如同茶杯与酒樽,深陷囹圄中

我听到,移动的瓷器在说话
以你之名,把辞章婉约成朵朵梅花
忧伤的眼神,落款在宣纸上

买下地,种上稻米
洞悉的院子,堆满莲蓬的笑意

一棵树高过屋檐,一个女人坐在下面
像落下的云彩,慢慢地
镀上了金黄色

## 超低空飞行

（一）
黑云压住城市的肩膀，耀眼的闪电
划开庙堂。疼痛的回响
锁住敲门之声

你来还是不来。肿疖的毒
像膨胀的气球，一触即破

学习超低空飞行，学习隐身术
做一只燕子吧，小心地踩着水面
接受虚构的美好


（二）
这是六月的一天。失而复得
翅翼，在一杯酡红里盘旋
每一圈涟漪，都是一张有温度的邮票

从北方到南方，再从南方到北方
时间的浮尘，轻轻打开枷锁
一条幽深幽深的小径，拼凑着斑斓
抑或纠结的孤独

无法阻止的飞行。在一次次漩涡中

求生,仿佛急速行驶的轮胎
奔跑吧,前面鸟鸣啁啁

(三)
季节是晴雨表,下一刻还要往返
喉咙里的嘶吼,高过头顶的
沉思,一封平邮的信
静静地躺在邮筒

不是 mail,不是面对面的视频
温暖。如你
长臂的路灯,托起霓虹的冥想

独自奔跑的梦啊,在无人的房间
爬满绿萝的藤蔓。午夜
构筑的风景,停留在隔空对唱的话筒

(四)
一棵香樟树下,巨大的嘈杂声中
自己再一次成为失声的鸟

# 等

等,天上的云彩
做你的围巾,可好

摘一朵瑶池的白莲
别在你的发间
惊喜的眸光,躲进了花瓣
一瓣,两瓣,三瓣……

采一瓣,放在枕边
嗅着你的香气,入眠

等待的脚步未停
时针一直在罗盘上游行

风停了,不眠的渔火
一直在闪烁
旧时光中,披上了怀念的袈裟

屈原转身了,用手中的笔
画出一坨月色,一段不朽的历史
钩沉

一些心事收藏,一些疼痛埋葬

## 上邪

不再迟疑,对于昨夜的雨
那是含着碘的颗粒。有点淡淡的咸
有点肆无忌惮的无序

倔强的弧线,孤独而美丽
如生命抛出的柔软,多了一份焦虑
划定的疆域,恰如其分地
奔走、蠕动、挪移

一地爬行的雨滴。它来自天籁
双手合十,虔诚地举过头顶
雨花在裙摆下,缝隙里
瓦石中,完成一次又一次吮吸

它们贪婪得像孩子,看到母亲的乳房
鲜亮的草木,溢满感激的泪水
田野失忆了

安睡的鸟儿,剥去黑夜的外衣
祈福,依附的——
这座透明的山体,安然无恙

上邪①。众生皆苦
这一场雨,拽出潮湿的回忆

---

① 上邪:犹言天啊,即指天为誓的意思。

## 执着

蹲在落日的余晖里
喊着你的名字,收起
落下,再收起

鱼鳞样的光退至远山
脱离母体的落叶,划着十字
游动着,像一个夜游的人

星期八,船票已过期
落红满地,枫
忘记了归途

## 寂寞地行走

夜,阒寂
一个人的灵魂,孤独地行走

一路向西,面壁而坐的僧侣
转动着经筒,忘了归期

那颗一直闪烁的繁星呢

渺小的,巨大的
还有那无与伦比的信仰
在黑白交替中,隐退

都说,汗水和泪水是
身体自酿的酒
那么卑微和高贵呢

我啊,只是
汗水喂养的一尾鱼
揭去伪装,去掉优雅的外衣
一个人孤独地走向,天堂的巷口

# 悟

走着走着,脚就累了
写着写着,手就麻了
身体的指令,受一根神经的牵引

潜伏的嘌呤,在清凉的枝叶间呼吸
每一个追赶太阳的人,行色匆匆

握紧孵化的黎明,生命的一半
接近上弦月,脸向东
数湖水里的星星

无声的露珠,抿着小嘴
咯咯笑,眉弯里盛满
沉入水底的爱情

一个响指,凝滞了漩涡的持续
三步之外,并蹄莲诉说着
向心的道理

我看见,一片飘飞的落叶
不早不晚,正好
落入一位怀抱婴儿的妇人,怀中

## 我的白皮书

我,把自己变小
小得如蚂蚁,紧贴着岩石
缓慢爬移

我,把自己变大
大得如珠穆朗玛,抵抗风暴
巍然耸立

我,是一颗被遗忘的种子
顽强,抵御恶疾
枯坐在拾荒者的肩头,等一场雪覆盖

我的前世也许是一朵青花吧
在磁窑里焚烧,吸收天地的
精华,有了灵气

镜头都打开,啼血的杜鹃
衔来火种,生命之美
在眸光残留

## 那朵莲

心中有一朵盛开的莲,悄然开在佛前
寂寥中眺望,孤单中取暖
左岸右岸,万般柔情
守候着最初的誓言

日子之后还是日子,云朵之上还是云朵
村口的柳树,垂垂老矣
把一颗初心结茧,等——
浴火涅槃的重生

青涩的骨朵,高傲地昂起头
仰望着,距离蓝天越来越近的路人
它知道,蝴蝶在朝圣的路上

捎上一粒籽,种在安静的后花园
你看着我,我看着你
如水的双眸,溢出月亮

曾经熟悉的人呀,错过多年
复原。旧事如烟

## 引子

一个太阳,一束光
站立或移动,寻找呼吸通畅的
园林、山中、小溪旁

叶子长了又落。广告墙写了又抹
熟悉的陌生人,来了又走

三三两两的车辆,如织就的网线
他们不厌其烦,他们自圆其说

昨夜的雨,被一场风接走
一个女孩看电影散场,她抱着
月光回家

## 我和母亲

母亲越活越小,小得
如父亲用过的木刨,薄薄的背
驮起,锅碗瓢盆的日子

我越活越大,大得
如一艘帆船,满满装下回家的路
喊一声娘
声音在院子里回响

母亲守着故土,写了一本厚厚的家书
她喊我,我就答应
涂点绿色,我就成了草原

母亲坐在大门口,活化石一样
年积月累,脸上开满花儿

## 落叶,这秋的眼泪

秋,穿着宽松的蟒袍
游走在山川、河流
所到之处,像一幅素描画

已至暮年的蝴蝶,缓慢地
煽动着翅膀,与阳光比高
与黄菊互递信笺,休息一会儿
买好返程的车票

簌簌簌,低一点
再低一点,临刑的刀
俯下身,和叶一起长眠
成群的落叶聚集,影子越堆越高

树,忍痛解开最后一颗纽扣
轻轻地走进护林小屋,捧着
发黄的经书,在篝火旁
救赎

刮不倒的墓碑,竖着
几只无眠的蚂蚁,在夕阳里
遁入空寂,僧侣的布鞋
遗落在风里

## 喜欢你是寂静的

说到喜欢,身体中就响起
水声,骨骼都有动静
仿若一捧云,一束光

微风,悄悄地把你揽入怀中
皇冠、花衣,交给大地整理
你就在我身边,等一滴雨

季节的灯盏,在枝头绽放
每一片叶,流动在黄昏的手掌
心事,沉睡了

蝴蝶飞出庄公的梦
你端一碗米酒
隔着尘世,轻叩柴门

倚门的人,等大雪封城
一只月亮躺在冰上

## 十月,遇见格桑花

凝眸回望,秋化了妆
孱弱的风,腾出位置
收纳少许的宁静

弯腰,俯身
轻轻地,用唇虔诚地
去读她,用目光去审视她
用蒙尘的双手去抚摸她

路遇的我是一个使者
饮了一夜的海水
绕经凡烟,诵读经纶

一群白鸽,扯着云奔跑
如疾驰的动车,离去陨落
嶙峋的山,怀念上一个春天

从雪域高原嫁到生态水城
顽强的生命力,组成桥
我的心有了相同的颜色

静静地坚守着茎骨
关上门,追赶
似曾相识的灵魂

## 小确幸

在苗圃选种,播种
一畦畦幸福融入泥土

咧嘴的石榴,卸下一年疲惫
收起骨骼里的痛,吻
落满朱唇

微痒的风,裹着火红的裙子
在一个黎明或者午后,两个影子
席地而坐,在子午线重合

棉花白过骨头,藏在末梢神经
低洼的时光轴,像一张弓
拿着两把同样的钥匙,轻叩门环

今夜,无关爱情

## 熄灭

灯熄灭了,黑暗一片
月光下的犁铧在脚下旋转
农人种下一座花园

闲暇时,赏菊
把酒言欢,花团拥抱着
安静翔实,如斯人
在枕边陪伴

蕊吐着赤雪的白,粉红的骨朵
坐在腹部,如佛
压住浮躁

日子越走越凉,霜降回家了
在商量着芦花的婚事

露珠,心受伤
站在草尖,无以名状地呼喊
晚风中飘摇的长发,纠缠在脖颈
风一吹,太阳落泪了

黄昏,叶落
一块鹅卵石与浪花擦肩
黑涌动,缓缓流向黎明

夜这把火,用尽力气
躲闪着

## 晚风吹

风挥舞着水袖，一路奔跑
高过楼宇，漫过屋顶
绵延过群山，在喧嚣中上岸

金色的阳光扭动着腰肢
把日子来回翻晒，如鱼的
脊背，黝黑锃亮

起风了，母亲的炊烟迷了眼
我取出一杯酡红
在井口的光影中，一饮而尽

颤动的左手，捂住绿色
一抹凉意写满指尖
生长的藤蔓呀，收回圣旨
躺下，顺受

风又起，萤火虫掀起盖头
站在玻璃后面的人，卖掉
最后一滴泪，心无旁骛地
任风往北吹

## 夜的启示

夜是网,网住一切生灵和心
尘世矮了下去

风搅动伤与痛
我屏住呼吸,任时间的屠刀宰割
腐烂剔除,露出白骨
让夏虫畜鸟食肉体,我的心
慢慢靠近黎明

夜,是上帝的另一种颜色
掩盖渺小,围堵光明
隔岸的灯火,不动声色
一声蛙鸣,唤醒高处的禽动

一位靠窗的老妇人,对着街道
询问,萤火回家的秘密

## 触景生情

莝草枯了,风一吹
低下高贵的头,低到了膝盖

墓碑却高高举起,碑文
覆盖了谎言

坐在夕阳的石凳上
菊黄,重生着一个肉体的灵魂

在爱里栖息的黑天鹅
抖动着羽翅,踱着方步
吟诵着《离骚》

一枚硬币,抛向天空
我踩痛了你的影子

## 生锈的往事开花

一把锁,把生锈的往事
关闭,老旧的影子在黑夜里
狂欢,谎言从喉咙里钻出

曾经熟悉的面孔,在明灭
之间转换,光线在移动
锈在身体结痂,沉淀

一层层苔藓剥落,赤身裸体的
人群抱团取暖,落下的泪珠
浮于地面,结晶成贝
撬不动的石头坐在秋天

提着灯笼的人踩着影子走路
大地沉默下去,一颗心打开
时间抱紧黄土,像爱人
一遍遍呼喊

## 掌心里的温柔

掌心
可以托起一座山
可以握住一支笔
可以盖住一抔黄土
可以捂住一双眼睛
可以攥住一把心锁
可以收藏快乐，传递疼痛

左手压住右手，恍若
一片叶子与另一片叶子重合

没有一丝风，整棵树颤动

## 生日书

日历掀到这一天，我厚厚的红皮书
已翻到一半，书签把目光磨短
字变得越来越小，像缩小版的我

我呼吸着。托着十月的反光镜
将过去一点点叩醒，不再年轻
疏松的骨架，即将被暴风雨
风化成土窑

蓓蕾打开，大花瓣、小花瓣
次第找到爱的地址，母亲的泪
是花朵，是流水

回忆在地平线延伸，一些断章
跟树叶一样，摇摇晃晃
我想到了低头躬身的清洁工，想到了红泥小火炉

风声，越来越紧
以撒野的姿态，拧开舌尖的闸门
我的名字写在邮票上，雪花开始监制

这是母亲的十月，她脚步迟缓
指挥着全家大合唱，我伸出双手
接过一缕含笑的冬阳

一株，两株，若干株
竹子，在风中摇曳

## 墙头的草矮了

转身。墙头的草矮下身高
拖拽着季节的裙角,眼含着
伤怀,动情地交出身体

银河的浪潮啊,一波高过一波
云朵收集着牧童的短笛
微白的一支,牵引着我奔跑

一群蚂蚁,悄悄地
搬运着一架腐烂的尸体,古老的灯远去
城市的黄昏,淹没喧嚣

一丝苦涩的思念,划过天空
如流星,落在荒野
痛,滑动钙化的骨骼

我轻轻地,拢了拢散乱的
长发,抚了抚低头的菊花
一滴清露,滚落花间

旧事埋在雪冢,脚印里遗留的
背影,消失在雾凇中
眼睫毛的霜,演绎着孤独

有人去远方看风景,有人

在原乡画风景,越来越轻的身体
捆着那日的旧思,匍匐前行

一个问号,回到另一个人的额头

## 柿子

院子里的柿子，醒着
孤零零的，褪去浮华
像丢失的爱情，来回摆动

曾经的枝繁叶茂，都被秋剪掉
曾经的海誓山盟，掉进了冰窟
努力攀爬，拽着衣角
找到出口

另一种较量在滋长，别无选择

没有保鲜膜，没有防腐剂
只有成熟的红，点缀在眉梢
假睫毛，忽闪忽闪

庄严的口令发出
墙上的影子又复活了

## 抵达

海水拍打着岸,游离的心
种在沙滩,那里有水
有空气,有你撒下的诺言

萌动的种子,顶着严寒
用一场接一场的离别,顺从着
季节的盘问,满山的雾呀
逃避着风的追赶

发凉的枯草,低矮的荆条
布满零落的露珠,冰冻的河水
停止了心跳,下一个归期
像一杆旗帜,摇摇欲坠

不曾落下的彩虹,屏住呼吸
那一刻,我渐渐地缩小
小得如受精卵,又一次
游回了母亲的身体

## 一些延误,让时间搁浅

一些琐事,放进清秋的篮子
缓一缓,慢下来
品尝收获的甜

万物顺从着季节的安排,按部就班
分类分批地成熟。抓一把故乡的泥土
复制印模

八月的田埂,振振有词
循声,一些草木足够觉醒
它们缠住时间,把红色的标语
粘贴到墙上

高大的梧桐,把自己托举成雄鹰
骨子里的傲气,一点点蒸发
像皈依的王,指挥着他的士兵

雨水不再繁忙,闪电被迟钝的爱
移出天空。像一个女人落在坍塌的祖屋
一住几十年

这是一棵剥开来,金黄的老玉米
遗忘滋养着,那些日常的
那些熟悉的

## 掀起你的盖头来

坐在自己的影子里,一如既往地
整理时间,一截一截的金黄
包裹着秋的腰身

咯咯的笑声,吵醒尘世
季节的守护者,用一杆秤
轻轻地,轻轻地。挑起新娘的盖头

鞭炮齐鸣,佩玉将将
喧嚣的碰杯声,一声高于一声
这场丰收的宴会,属于特定的某一个人

比如,两株相同的高粱
它们谦卑地鞠躬,点头
缠绵一季的爱情,圆满落幕

告别不是结束,而是片刻的抽离
一种新的顺从。勇敢的麻雀
翅膀越来越硬

用饥饿的嘴,去刺探院子里的秕谷
红彤彤的石榴,如一盏盏灯笼
微笑着,向路人招手

## 我和父亲

小时候
我依偎在父亲的身旁
我和父亲有说不完的话讲

长大后
我一步一步飞翔
父亲和我有唠叨不完的家常

现在呵，回家
父亲就围绕我身旁
目光注视着我，怕我走出
他的目光

后来的后来呀
父亲成了问号，我成了他
滑动的板车

## 两杯咖啡的心事

日子结痂了。手风琴不知疲倦地按动
裸露的、潮湿的、收割后的牧场
在阳光下，发芽

杜鹃花开了。漫山遍野的红
像涌动的肚兜，乖得让人心疼

匆匆，再匆匆
离愁掩盖了笑容，白云浮动
虚与实，交相辉映

一匹写意的马，挣脱脚上的丝线
跑向下一个起点

城市干净了。子宫的血液流尽
分娩出一个又一个圣婴，小女孩
捧出一生的爱情

她用唇边的温柔，拱醒
昨宵的梦，两片洁白的脚印
为我送行

身和影接受了神圣的洗礼。契合的美
无与伦比，语言的触碰
从指尖滑向每一寸肌肤

就这样，坐进了大雪的怀抱
从这座城飞到那座城，冬天的风
麻木了眼睛

以两杯咖啡的温度，唤起
枝繁叶茂的回忆，找一个理由
让泪化为冰

# 写下

写下你的名字,手和笔已经相连
默念千遍。墨水不干

此刻,我的马车
缓缓经过你的草原
四目对视,轻微地喘息
带着汹涌的雨水

雨越下越大,淋湿了衣服和鞋子
而你的伞,在半空没有打开

闪电刺破夏天,我看到
心形的一扇门,镶嵌在地平线

微微摇晃的树,伸开手臂
容纳一己私念。人间略苦
一杯甘露,我需要慢慢品尝

空旷之外是空旷,辽阔以外还是辽阔
无法拒绝万物的喜欢。迂回的叹息声
像旧纺车,一声连一声

我的心里有一座教堂,一株藤蔓
挣扎的深渊

# 一片叶子与另一片叶子重合

风,裹挟一片叶落地
轻与重,无人知晓

季节延伸了一步
一切静止,包括秋风

秋深了,把金黄带回家
王披着战袍,斩获又一个落日

八月的身子并排坐下
近似腐朽,一片叶子与另一片叶子重合了

一抹白从黑夜中醒来
藏匿的心事,被反复割伤

慢点,再慢点
金丝鸟衔来七彩的种子

我看见,一场雨正在回家的
路上,酝酿

低微的草之上,是空地
一切都回归最初的圆缺中

## 雨中的红伞

风停了,雨也停了
红色的雨伞,遗失在无人的角落
静静地,藐视着
这个薄凉的世界

红色的伞,是我心灵上
一道深深的沟壑
不愿触及,无法开启
一动,汩汩的血
汩汩溢出

红色的伞,在雨中
如弗朗明哥,拨动沉睡的心弦
唱起欢快的恋歌

我呀,收紧跳动的脉搏
把夏日的零落,播进相思的土壤
泪雨浇灌,泪珠滋养

一畦一畦疯长的诗行
碾碎了一地的忧伤

我站在黄昏的空房子
眺望,远方……

# 信

打开你
旧事翻滚,城池沦陷
烛影摇红,星星眨眼
呼吸吐出火苗,一腔痴念
落入,幸福的城堡

风,沁凉了夜
我信手取走皓淼的波澜
言辞沉默,熄灭
揣着素心,随江水逆流

划行的舴艋,在黑暗中穿梭
越过青藤,白莲
畅游在八百里秦川

河水摇碎了孤影
脆弱的灯光打在双肩
长发上的霜花,似繁星

浪花闪闪,浮现
一支羽毛的笔

## 我是深海的一尾鱼

我是深海的一尾鱼
一头扎进海底
自由游弋

海面的阳光，刚好
亲吻我的身体

温度，刚好
盐分，刚好
海藻，也刚好

我喜欢上了这里，以身相许
孤独地享受这份惬意

都说鱼没有记忆
那我就潜伏海底
把最后的蓝眼泪留给深海

无关美丽的童话
无关走过的四季
更无关于，你

## 背着故乡去远方

那山,那水,那老房
屋里住着年迈的爹娘,住着
童年的快乐时光,深夜如豆
的灯光,摇曳着一缕回家的念想

一朵云,一片瓦,一粒泥土
都赐予我深深地凝望
故乡呀,想你的时候
斟满一杯月色,对坐
一捧花生嚼出,乡愁

打开回家的锁,故乡的门生锈了
门环依旧在那里,坚守着

风,裁剪了我的愁绪
装订成一帧帧画册,故乡隐藏在茧里
撑开,又是那个翩翩飞舞的小女孩

我的根啊,滋生于这片圣洁的沃土
一夜,就盛开温柔的花骨朵
故乡的脚印,漫过盛夏
搁浅在故乡的门槛

把信遥寄给春天吧
那个放风筝的孩子,背着故乡
又回来了

## 当太阳落下

一声枪响,太阳娇羞地躺入
大地的胸膛,惊醒了
熟睡的星星、月亮

唯有蝉在树上修行

我追着一路的蛙鸣,听着一路的
吆喝,卖西瓜的长调
像父亲在招呼

屋顶的炊烟,不知疲倦地
升腾,漫过体内栖息的树
追逐着,母亲的背影

我向着有光的方向奔跑
像羊群寻找青草
风未息,叶累了

一颗凝固的珠宝镶嵌在
眼角

## 在人间

你放牧自己的心灵
我独爱树叶缝合的风
一朵云,打破宁静

飘摇的躯体,一截截的疼痛
体内的剧毒腐蚀着肉身
我无处躲藏
任风,抚慰着血脉筋骨

我绕过屋前的梧桐树
蜷缩在蝉蜕中
任时间的利刃切割
任黑夜的孤独潜伏

我,一边尝试掰开自己
在无人居住的孤岛
把热烈的,忧伤的
模仿一场暴雨,一泻千里

我来不及关门,一串红豆
挂在枝头,有人轻轻唤"丫头"

一束光照在花瓶上

## 快与慢

时间在摆渡过河的木船
划桨,慢如蜗牛
沿途的风景,在掌心
逗留,停一停
等待灵魂的修行

疾驰的快马,追逐着人生
一座座险峰,在身后
堆积成不息的火焰,快一点
轰轰烈烈,完成一次心灵的
长途旅行

散落的雨滴,风徐弄影
低头整理,快与慢的平衡

## 握

大手握住小手。转身
就是两个相向而行的背影,像一场雪落
顷刻,就白了头

就在这个午后,阳光
暖暖地披在身上,如一件贴身的薄衫
如此的幸福呵,我的脚下涌动着
春的河流

掏空所有口袋,把阴霾驱赶
几滴泪,开启尘封的老酒

掌心的余温,守护着
一个又一个黑夜。爆米花一样的爱情
融化了老字号的蜜

这样多好,落叶飞回到树上
一封封的信,填充着白昼

罅隙的影,撞开一条缝
体内的枯草,擦亮奔腾的歌喉

脚步匆匆,密集的心跳
如群星闪烁,忽略了冷
忽略了时间……

一串尾气的烟雾,模糊了我的双眼
额头热辣辣的疼

## 父亲的麦田

麦收,最忙的是父亲
他跟着收割机,跑到东来跑到西
他在自己的麦田里,追逐着不落的太阳
黝黑的脸膛,和土地一样颜色

父亲,像一根上足了发条的挂钟
不停息地运转,把麦苗守成金黄
再把金黄守成馍香,他们并排生长

父亲,牵着麦子的手
一牵就是一生,像一个知心的爱人
不离不弃

父亲,弯腰把麦子搂入怀抱
粗糙的手掌啊,有着脚手架的刚强

天空瘦了又胖,父亲
弹奏的五线谱,划弯了盛夏的月光

这个六月,如漏斗一样
漏掉了牛马的蹄印
漏掉了父亲的汗珠
唯有,摁住了麦粒
咯咯的笑声

天还未亮，忽明忽暗的灯光
父亲，把它固定在墙上
捂在胸口，踩在脚下

归来，离去
父亲，翻动着秸秆和麦糠
等待风干，喂养他心爱的牛羊

## 方向

远方有多远,流水有多长
我无从丈量过,只记得
初冬的田野,装下——
烘干的泪腺

高楼映着踩碎的暗淡,空对着照片
将一滴滴凉意,轻数
数着数着,一串串脚印
叩开春天

满院的春芽,满树的桃花
遮挡着阳光,寂静
啃咬着,含在嘴里的冰糖
甜,余味深远

我耸了耸肩,看了看
昏睡的老屋,感叹
这里,是我一生走不出的网

彻夜不息的灯火,父母亲在穿梭
佝偻的腰身,是一弯月亮
柔软的目光,缝进书包
叮咛厚成棉被,贴近胸口

白昼把黑夜移走,头顶不灭的一颗星

跟着我,晨风中飒飒地立着
时间一点点长高,清新的空气中
我看到一些轻

狭窄的铁轨在延伸,火车喘着粗气
蛇一样扭动笨重的身躯,拉开的距离
像北方的白杨

## 于寂静中退场

半生爬坡。一步一步
曲躬的影子,仰望巍峨的高山
柔软的心,镀上了一层金色

交错的风,把呼吸抬高
压低。无处安放的手
打碎了颜料瓶,我惊恐地捂紧了嘴巴

时间的锣鼓,敲开闭合的"铁嘴"
一问一答之间。生活蒸发成一滴水
储存的容器越来越大

从南到北,从北到南
穿过幽暗的峡谷,草丛中
寻找小径

一条条毛细血管迂回反复。如转动的唱片
洋槐花落了一地,絮状的白啊
压住针脚,那些日常,开始熟悉

我恍若一只蚂蚁,贴着地皮爬行
安卧的群山是亲人的眼睛。目光如炬
无边的黑,含混着

时间悄无声息递进。来不及遐想

一片颤抖的叶，枯萎成蝶

天空拎着一篮子月光。于寂静中
退场，这个夜晚
一场露天电影，在 24 小时播放

## 潮湿的黎明

无孔不入的冷,钻入每一个袖口
稀疏的灯光,倒映着几颗残碎的星

此刻,我醒着
我把自己旁白成一首失眠的诗
心,如水般静

一缕缕清新,划过黎明的手掌
这个潮湿的清晨,所有的萧瑟
感伤,无法解读

秋声渐紧,秋风吹拂着旧人、旧物
方向专注着凋零,固执的意念
循环往复,一些旧事
像挂在柿子树上的灯笼

来了走了,火车筛选着黑豆黄豆
咣当咣当的轨道,缓慢抒情
天亮了,就在这一瞬间

我用一句,早安
描述着我的前半生

## 高跟鞋

是夜。黑魆魆的静
高跟鞋敲着马路,无畏地前行

身影拉长,音乐和声也拉长
婀娜的腰身,鱼一样游动
喔,这条街道属于她一个人

这是一位戴望舒笔下的姑娘。重回江南
蓊蓊郁郁的梦,锁住忧伤

睡吧。一滴水已结冰

## 问佛

双手合十,虔诚地走进佛的府邸
宁静、肃穆,梵音袅袅
一个沙弥敲着木鱼,一遍遍诵读着经文
空空的皮囊,数着
雪花的归期

门外,树如柱
环抱着庙宇,漂浮的云
衬托着飞檐红墙,脚步迟缓的
居士,用云和雾的眼神
打量着路人甲、乙

一道门,一扇窗
推开,影子就后退
退到梵高的麦田,麦芒
刺疼阳光

钟,一声声敲
夕阳染红霓裳,南山的菊呀
大一朵,小一朵,开得欢
泥土里掩藏的光阴,无处逃遁

单薄的我,站在佛的面前
小得如蝼蚁,在一手指上
就可以看到圆圆的月亮

一地枯黄,一双失神的眼睛
在佛的微笑中,苍老

## 所有的雨都落向既定的路线

整天整夜的雨,都在碎碎念
一遍一遍,像一个得了阿尔斯海默症的
老年人,自顾自地嘟囔

雨滴领着雨滴。落向既定的沟渠
路线无法更改,云泥混合
如扑朔迷离的渔火

雨啊,你推我搡,在脚下跳来跳去
恍若前言搭不上后语的句子,只有
它自己懂得自己的意思

天又黑下来,青草和花苞都泪眼婆娑
倚门的铜锁,伸出苍凉的手指
弹奏着《琵琶行》

朴素的光,汇成闪电
瞬间,就擦去额头的风尘
我看见天空哭了
时而滂沱,时而低泣

雨花倾斜着落地,没有来得及留下遗言
就凋谢,成为一摊水
它们相互吸引,心中的版图
一次次被拨动

我的眼中流出花朵,地心
长出,透明的小耳朵

## 虚构之美

梦想着有一座花园，插花浇水
一浪一浪的涟漪，昼夜不息

手摇的乌篷船，如手臂
挽着细流。我酣睡在它的怀里

头顶的蓝，守护着内心的纯净
船工一刀一刀切着水，身体 90 度
急需一场大雨，填充渐浅的河堤

树叶，把白天的温暖藏进夜色
一封没有写完的信。在桌子上摩擦着
地球的轮子。黑夜如此漫长

我恰似一叶孤舟。晃动着思念的桨
丈量着距离，窗连着窗
栖在屋顶的灵魂，沙沙响

时间搬运着时间
灯熄了。一只鹤飞出水面

## 镜子论

站在你的面前，我是赤裸裸的一块冰
拒绝融化，拒绝做作

你有洞穿一切的眼睛，包括所有的伤口

也许走进去，能看到你玻璃的人生
易碎，透明，澄澈
你选择孤独，眸子里沉淀着天真无邪

多少过敏的目光，被你采集成玲珑的
琥珀，蕊的心事
在河床流动

要求不高，完整就好
一辈子就用衣服掩盖着
像个隐居者，如影随形

## 这杯酒

这杯酒,醉在心头
只说遇见,不说离愁
缥缈地入戏,十指相扣

斑驳的回忆,让茶水凝聚
上浮下沉,无限的缱绻
镶嵌进金秋的镜头

是缘还是怨,念念念
惹得春风绕指间,一渡再渡

轻摇棹,点雨帘
坐拥江南水岸,细酌慢饮

把小乔的眷恋藏在沈园
把虞姬的痴念托给鸿雁
南飞南飞

回眸间,颀长的身姿
撑开美的骨伞

## 野百合的春天

野百合不野,她高贵、傲娇
如古玉,散发着圆润的美

石缝中她开花,挺立
不戴一点伪装面具,挽起的
发髻,在春天里是一道景

她,对着阳光虔诚地鞠躬
沉默,挣脱时间的枷锁
亲爱的,我成了你的影子

守着的山坡,如你的背
靠着就那么的轻松,翻卷的云呢
似奔腾的马,躺下去
就是一颗星星

我编织的草鞋,落在路上
有人拾起,有人不屑一顾

淅淅沥沥的雨下了一夜
拧不干的飞鸿,如飞翔的雄鹰
俯冲,低飞,匍匐
哪一种姿势也离不开苍穹

更大的雨,轰然而至
无数失意者都站起来了

## 降临

天,空了
我用五彩的粉笔,填充颜色
世界那么静,黑白就这样转换
交替

手扣住手,捂不住春的降临
冠状病毒,那啃噬人类的小虫
用催眠术,偷窥灵魂

入骨的痛,令句子断开
不完整。我看到许多翅膀
跋山涉水,托举下沉的太阳

急促地喘息,如钟声敲响
殿堂空旷,青烟指路
皲裂的舌尖,舔着天降的甘露

闪电击碎了长夜,我醒来
看到所有爱我的人,在桃花丛中穿梭
像勤劳的蜜蜂,自由自在

## 都是白的

推开窗,凭栏望
内心的澄澈,就像一汪春水
一戳就破,薄如蝉翼

寂静中长出新芽的歌声,来回涂抹着
结痂的唇。振动,疏离
是一幅插画

升起的白色的雾,一团一团
追索着,每一个打开的窗口

像棉絮。从一种轻转向另一种重
天平无法称,只能用目测
记下,应该记下的数字

硕大的括号,束缚住手脚
我形同虚设,大片的白围绕着

恍惚中,化作一团棉絮
与多情的风,赴约
欢喜即是喜欢

一驾马车上,我裹紧衣衫
守住时间,数心跳声

## 八月，硌疼了手指

揭开一层层面纱，光影在走动
高过头顶的树叶和谎言，悄悄地密谋着
一场风暴

口若悬河地说，唾沫淹没了沸腾的河
回声在山涧先于麻雀到达谷底

石头的纹理，调整着镜头的唇颚
模糊中，百灵鸟倒出真相

堆砌的语言，像枯枝
任松鼠截取、搭建避风的巢

基座稳固，圆形的墙
围成谷仓，这个冬天足够躲藏

空旷的原野，凉风穿过
冷冷的灯火，反复咳嗽
秋深了，哀愁如翻卷的蔬菜

收获的八月，硌疼了手指
小小的院落，在夜里安睡

驼背的母亲，和我折叠在一起
心脏压着心脏，目光送着目光
把季节越送越远……

## 黄昏黄

我说的黄,是黄昏的黄
陨落的太阳,披着霞光
在地球转身的时候,落入深潭

奔腾的云,如流动的水
滚滚接近源头,天黑了
葡萄架下挂满迟暮的倒影

多么凉快呀,那留下的余温
忽略不计,有关你的消息
投射到弯曲的小路,光滑的
肌肤,呈现深深的鞭痕

草,一截一截矮下去
鸟儿先于我归巢,树冠上的喧嚣
压弯了枝条,悬空的家园
轻轻地颤动

我坐在树下,听着虫鸣
放羊的嘎子叔回来了,拍着手
数着一只又一只的幸福

我仰望着,父亲烟斗里的青烟
心越过藩篱,找到寻觅已久的答案

一切归于宁静,我采一束蒲公英
编成花环,戴在头上

## 第一声

第一声鸟鸣,在白墙中逆行
用喙啄破蛋壳,一双雪亮的眼睛与清晨对峙

安身立命的巢穴,挂在高高的树冠
像一面旗帜飘扬,我的头慢慢仰起
天空豁然开朗

露水幽居在叶子上,驮着阳光
舔舐着忧伤,向上或者向下
宿命一样

人呀,忙于日出和日落
当最后一片叶子落下,化作
母亲灶膛里的炊烟,村庄睡了

白云扶住摇晃的翅膀,一点一点
抱紧星光,墨汁染黑的头发
变成霜白,我听到了草木叹息声

把时间截流吧,一半黑夜
一半白昼,直到变成地图
写在泥土的脸上,比寂静更寂静

顶礼,我之上的土地
第一声也是最后一声,每一刻

都是最后一刻

灵魂在下沉,襁褓中的花朵
踮着脚,把花期又延长了一分钟

## 不一样的呼吸

越来越重的器物,压得呼吸都急促
几根骨头,强力支撑着松散的
肉体,五月隐入空门

宽大的袖口,几只蚂蚁
拖着腐朽的木头,通过
干瘪的昨天,在花蕊里
凋谢了

爱情已售罄,像胎记
刺青,醒着
太阳一晒,火辣辣的疼

几束槐花,闪烁其词地掩盖着谎言
深情,勾勒出一个又一个侧影
我的思绪像麦子一样拔节

槐豆呢,探直身子
用樱桃小嘴吮吸着氧气
生怕,一不小心就塌陷在
温良、热烈的火焰中

幸福来得那么轻,轻得如酣睡的
猫咪,坐在摇篮里
轻轻听一首怀旧的歌谣

我的一窗心事在潮汐中

铺开，折叠

如此反复，好像什么都没有发生过

## 虚掩的门

雨在屋檐,滴答滴答
钟表在屋里,嘀嗒嘀嗒
我推开,虚掩的门

流水声,敲打着墙壁
像一个老农,在脱粒金黄的玉米
棒芯,越堆越高

手心里的纹路,一直在跟着一双鞋奔跑
柴火投入灶膛,熊熊的火焰足以烧开一锅水
我把自己煮进去,紧紧盖在青花瓷碗里

移开。唤一声
漏掉的风,轻倚黄昏
躁动的心,迸发出蓬勃的绿意

有的人呀,走着走着就走不动了
皱纹越来越深,深得就像画家笔下的
象形文字,无穷尽的墨汁
在一张斗方的宣纸,幻想

毛茸茸的绿,塞满大街小巷
萌芽,生长
鹅卵石的家门前,花儿轻摇阳光

每一次经过,我都会泪流满面

## 一路向南

从沧州到徐州,约 500 公里的路程
车子飞驰,碾碎一路的秋景

两个点焊接,像词语延展
每一个句子里,住着一片牵挂的叶
梧桐树下,秋天举着各种证书来聚餐

我做一条鱼吧,从运河头游到运河尾
从故乡奔向他乡,在雁声的鸣叫中
一次次沦陷在思念的漩涡

一路向南,让踽踽独行的火种
点燃追梦的激情,从心灵到心灵
传承两汉的醇香,筑墙守望
九朝的帝王

这座城,我攥成团
在蜗居里提炼诗意,在一茬茬
收割的田垄里,分享谷物的金黄

雏鸟长了翅膀,背着整座天空前行
流光溢彩的光阴,装下深浅不一的脚印
我拿着橡皮,使劲擦拭着眼睛

记忆之外的草色,依然青翠

鸣啭的枝头，孔雀渐次开屏
奔跑的风，慢下来

我也慢下来，咀嚼着一颗薄荷糖

## 秋天的红纽扣

簌簌的落叶,是秋天的眼泪
每一片呀,都像是母亲
粗瓷大碗上的青花

季节慢下来吧。小酌一杯
庆祝丰收的喜悦,笑声铺满小院

天凉了,旧手表转动着
许多新鲜的生命,搬运着时间
从早到晚,像忙碌的袋鼠拖着猎物
步履蹒跚

起身间,夕阳被敲下山峦
曾经的荣耀和光环,陌生又熟悉

我用纤细的手腕,搭建起屋舍
安放寒冷与恐惧,安放更多的慰藉
减肥的树,用瘦弱的身体
抵御着外敌

颤动的秋野,交出成熟与沧桑
一枝残荷,一杆宋词
秋风中,平仄起伏

秋天的红,就是一枚红纽扣
咬紧,回家的每一条路

## 辑三

# 触响光阴的琴弦

## 光阴的琴弦

铺开素笺,静若处子的
琴弦闪现,浮动的音符
在水里捞起小小的月亮船

光阴,挤瘦了思念
微弱的烛火,留下淡淡的
苦味,古老的面孔
被风吹走,深深浅浅的脚印
长满青苔

岁月的枝丫,变得枯黄
如中年女人的头发
失去了滋养,九月被拆解

阳光慵懒地伏在叶片上
寂静,踉跄地掠过
我轻抚琴弦,把一层层的
温暖打包,放进柜子里

云越飘越高,成了一片盐碱地
足够白,给雪留出更好的仓

## 立春说

立春。锋利的斧头
削去繁杂和凌乱,旧的和新的哭声
二月的墨水,足够抒写悲情

成千的白嘴鸥,咬住春天
倔强地摇着头颅,那一声声鸣叫
在窗口镜头,一直闪烁

中间。无门,只有眼神交流
裸露的白呀,是覆盖一个国度的
暴雪,所有人有厚厚的证据见证

远处的羊群抬起头,"咩咩"叫几声
好像一口气,就把春天吞并

压抑了太久,说出藏在心底的话
芳草萋萋,绿了一些心情

风吹过,泛青的关节
隐隐地痛……

## 雨水,抬高了一些名字

允许我在这一刻,把一个一个丢失的
名字抬高,高于地面所有生物
捧着他(她)们,就像捧着谷物的金黄

月光下,静得没有一点声响
我闻到了,无数生命浓缩的涞水味
那些迟钝的根芽,在春风里
慢慢屈伸着胳膊

一个人就是一颗星,挂在天空
继续繁衍、传承,以屹立的姿势
书写着自己的姓名

口渴的乌鸦,在春天的瞳孔
看到了水源,它们筑起爱的巢穴
咕咕咕地叫着,像唱歌

这一季,渴望更大的雨水
不为疗伤,只为冲走肆虐的病毒

天堂与地狱,不过是一粒米的距离
有些人先去了,用坚硬的石头组成方阵
像北斗七星,稳稳坐在深邃的夜空

春天，这件宽大的衣衫啊
已牢牢地拴在黄鹤楼上，在这里
就在这里，瘦成屈原的诗句

前面，一群白鸽从四面八方飞来
后面，有一座大山
已经长出绿色的植被

再努力一把，譬如攥紧严丝可缝的拳头
也许走一程，旷野就会变成辽阔的草原

二月，像一个安静的孩子
把黑夜一点一点拆卸，撕碎的纸屑
拧出生命的哨音

耳鬓厮磨，那轻拂的柳绦
拱出母亲的肚脐，呼吸着
新鲜的空气

庚子年春天，历史的风
撩拨着满山的秀发，二十九只蝴蝶
破茧而出，翩翩在起舞

## 惊蛰,叫醒了春天

桃花沉默了好久,终于在今天
交出爱和诺言,一朵叠在另一朵上
坐拥多娇的江山

惊蛰,大地欢歌
身体里的鼓声响彻云霄,披着
阳光的少女,萌动着羞涩

河水举起高高的酒杯,它看着我
我也透明清澈,一张嘴就是
鹅黄的语言,像刚刚出生的鸟儿

云挂在树上,慢慢融入炊烟
就像父母的爱情,固若金汤
守着祖屋,他们是主人
又像是客人

燕子衔着纸和笔,从一座城市飞到另一座城市
尾翼剪开,相思
一舟情,系住葱茏

群山随灯火,或明或暗
你眼角呀,泗渡着一朵莲
飘零的心,摘下面具
陶醉在春天的秋波里

谎言如乌鸦一样黑,她侵吞着
旧事物,犁铧的尖叫
困住了我

## 春分,均衡的念

今日,昼夜平分
均衡去无尽的牵挂,念
在春天萌芽。挂在树杈
疯长成葱茏的绿洼

今夜,我煮一壶香茗
借着月光,把心事搁放
拥着春的肩膀,看流光飞羽
打捞昨日的忧伤

多想,细数曾经的时光
多想,把爱凝聚成海洋
漫过微风的悠长,等待一场花开的盛放

风起时,将思念折叠成纸鸢
安放在春天的巷口,勾勒
一幅重逢的图画

## 清明祭

写下清明。泪水早已结晶成冰
白花花,像亲人的头发
等着他们的子孙,去认领

这一天,一扇门推开
在一股一股的青烟中,追踪
逝去的亲情

来了,去了
思念像一茬茬的种子,种进泥土
叩首,再叩首

一声一声的鸟鸣,恍若墓碑中
长出的眼睛。冥钱点亮来路
打旋的黑蝴蝶,握着彼此的手

山野寂静,一面镜子照着我们
照着我们的余生……

## 谷雨,在母语中蓬勃

在暮春中藏身,在落日中矮下
谷雨,披着霞光
制造着一场浩大的动荡

仓颉的字,是种子
拨动着古老的文明,从繁华到繁华
如祖先的头发,由黑到灰
再到白,惯性和自然规律重合

一颗果实坠落,有泥土骨裂的
声响,攀崖,飞翔
岩石上,次第开出细小的花

无须表达,四月像木马
旋转着,到对岸去吧
运河不缺浪花,懂乐曲的人
把传奇谱成了经典

水帘里的小脚丫呀,走过半生
和谷穗一样,先于一声叹息中
弯腰,接近泥洼

麦苗沉默寡言,翠绿和黛绿交替
眼睛一眨,一场雨自上而下
落在第六节气,她在母语中蓬勃长大

我取一杯天水,祭奠一下先辈
日期、起点、唇水交汇

## 立夏

说到立夏,我仿佛喝了一口干爽的
啤酒,嘴里清冽的甜
是麦芽糖的味道

从头到脚,全身修行
排队的云,淹没在一场盛大的交换中

与天空近了,和泥土亲了
轰隆隆的雷声,一夜之间把春天接走
窗口的风铃,摆了摆手

无数的凋谢,是一种醒悟
脚印连着脚印,熟悉而陌生
我的痛,止于一粒布洛芬

一段路被另一段路代替,文字
姓氏,伺机而动
像一只锚,悄悄地守候

## 小满辞

一遍遍摸着炸起的麦芒
呼吸,语言,目光冒着火苗
阳光下的我,投放着记忆的怀想

我睡在神的怀里,看着翻滚的麦浪
掏出一颗悲悯的心,在五月
任风把日子染黄

旷野。低垂
天幕合上眼睛,一抔黄土晃动着身影
这是我们一辈子也走不出的塘口

清晨挂满了露珠,一株株怀孕的麦子
用生命书写着自己的爱情
星星呀,依然躺在她深爱的夜空

这个夏天如此短暂,来去匆匆
满地的誓言被耕种,停顿、沉默

麦子彻夜不眠,代替我们醒着
多像父亲多年的习惯,鸡叫一遍就起床走动

一粒粒披着朝阳,在故乡的老屋
点起一盏灯,如熬白的月亮挂在床头

## 芒种，麦子谦卑地低下了头

芒种忙收，父亲打扫好了粮仓
把镰刀磨成月亮。看着一望无际的麦田
仿佛看着挚爱的孩子

麦芒挺直了腰身。麦粒鼓起了腮帮
猛吸营养，要卸掉沉重
轻松回家，看一看久别的新房

太阳晒化了思念。麦子谦卑地低下了头
摇身一变，倒伏在收割机的轰隆声中
恍如一瓶墨水，泼在画布

赤裸裸的麦粒，滚出机舱
浮华的语言，不遗余力地
凸显

揭竿而起的聚集，无名状的
混雄之力。在生与死的缝隙
裂变

明镜高悬。它是图腾
晒在农人的屋顶，看羊群般白云流动
形与影融为一体，一部长长的沉思录
续写着前世今生

莫名的喜欢，接纳着四邻八方的
祝愿，紧紧抱着亲密爱人
款款地，步入洞房

## 夏至,把激情点燃

火热,把激情点燃
喷薄的阳光,铺满夏至的长卷
大把大把的时间,在一块橡皮的
擦拭中,悄然溜走……

我的心像六月的荷,踩着浅浅的
韵脚,穿引着缜密的丝线
万物鼓噪,无休止地生长着

累了,靠在树下抽一支烟
闪烁的火炭,如同推开的门院
羸弱的烟丝,串成生活的圆点

日子,分段、分行、分垄
就像父亲耕种的田,有辣椒
花生、红薯,浸润的盐渍
汗渍,结晶成诗篇

半夏已过,蝉音把谷苗装进
空空的壳,疯长的果子
接受着阳光的直射

多么情深呀,轻轻吻一下
羞红的脸,躲到叶子后面
呼吸,停顿在竹篮与竹篮之间

白驹晃了一下身子,又晃了一下
石榴的谎花来了又谢,颚与唇齿
品尝着酸甜

夏至日,太阳交接在黄经 90 度
停歇再退回,足迹遗落在地平线
图腾,泅出一朵朵蝴蝶兰

## 小暑,划伤夏天的手指

小暑顶着雨水来报道,热气全消
草木晶莹,通透的绿
围成栅栏,呵护弯下腰的禾苗

走近盛开的荷花,轻嗅她的香
每一个等待的日子,孕育着
一阕辞章

比如现在,提着裙裾的我
踩着蛙鸣,抵达七月的门口
茕茕的身影,像一把伞

风雨来过,熟悉的黑暗
在慌乱中惊醒玻璃的梦,尘世寂静
斜阳里,一串笛音躺在薰衣草的怀抱

小暑,划破夏天的手指
泅泅的红,像我在南山种下的相思豆
别样的美,栩栩如生

无法入眠的日子,看父亲的烟袋锅
敲打着节气。澎湃的心
渐渐退潮

太阳鼓动灰色的翅膀,水里的烟火

提炼着臃肿的生活,低头间
一节一节竹子高过手掌,我从季节走向季节

坚硬的风,在正午时分
打着盹,时间缓慢下沉
裸露的河床搂抱着白生生的芦根

## 大暑,在生根的午后纳凉

大手拉小手。握住
就是一场丰收,讯息已发布
她交出童话的爱情,在教堂
举杯同庆

汗水,浇灌着种子
细细地耕耘,平原里总有不错的收成

母亲的白发,在午后的阳光下
灼伤了我的眼睛,久违的温度
烤化了大街小巷的叫卖声

挤一挤,走进无人售票的凉亭
他用一杯白开水和一个大饼
完成午饭的旅程

身体里的盐巴,搓洗着经络
生活又多了一层苦与咸

此时的我,如一具僵尸
躺在夏日的午后,活着的思想
滋养着丢失的养分

摸摸湿漉漉的头发,很陌生
丝丝凉意飘过头顶,我的皇冠

不见了

最后一缕阳光,在黄昏收工
冥想中的小花裙,飞起来了
没有尽头的路,背着大片的暮色
前行

## 立秋书

秋，横渡在巷口
翻转的心事，在草叶上跳舞

疯长的茅草，被蝉声颠覆
几滴露珠，打湿了睫毛

左躲右藏，终逃不脱季节的大手
满身竖起的刺，如榴莲
乘一匹快马，返回明朝的大船

辗转的衰老，已到暮年
未知的绿，依然代替
像我的中年，演绎成一湾平静的湖水

看不见的波涛，直抵心里
两片云拨动玉帛，比白更白的茉莉
飘香在南国

一壶海纳百川的秋水，用沸腾
把情怀释放，升起的烟雾
亲吻着彩旗

岁月的航船，从这里出发，到那里结束
自然的规律，汇总着飞奔的时间

分离、相聚,柔软的风
压着呼吸,一树的芬芳
划出涟漪

我独爱秋的悲凉、稳重和大气
歇歇脚,葵花籽咬着我的舌头

## 处暑,卷起了舌头

处暑卷起了舌头,把伏天终结
它全身的细胞变得干爽,透蓝
河水慢下来,只有闪烁其词的
狗尾巴草,余情未了

芦苇来回摆渡,有了辞别的寓意
它知道,时日不多
需尽情释放欢颜

天空也变得迟钝,宽大的衣袖
藏起落日,群山矮了下去

一切都是过往云烟,就如远行的雁
飞来还会飞走,迁徙即是一场席卷

窗外的日历,谁在翻动
墨迹清晰,点点凉意
腐朽的风,采摘着金黄

我数着台阶,忘记了往返
视野中,飘落的叶子
寻找着归途,像离家求学的孩子
洒落的泪珠

大山与小路,寒冷与温暖

两个方向,都是故乡的驿站
干枯的日子爬满青苔,炊烟熏黑了双眼

石榴抱紧籽粒,鼓胀的脸
越来越红了

## 白露，刺破秋天的手掌

太阳转到黄经 165 度，接近平角
进入仲秋。没有了夏的躁动
开始庄重地，收购五谷的爱情

绿皮的火车载着站台的人，东奔西走
露水打湿了裤脚，我睡着了
感到自己柔软的身体躺在铁轨上，如涸辙之鲋

泥土填充着垄沟，踩到的草
卧倒，又站起来，它踮着脚
眺望，秋天布置一新的教堂

母亲精心挑选的日子，一抹红
刺破秋天的手掌，一滴血连着一滴血
一种心情覆盖另一种心情，生活
不需要雷同

一株遗落的高粱，守护着田野
行人来去匆匆，他们哼着小调
踩着影子归乡

风，无序地吹着
星，一颗比一颗寂静
夜，被拴在门外

## 秋分,叶子又加深一层

这一天,我卸下身上的鳞片
透过蝴蝶的复眼,窥探尘世的烟火

父亲吐出的烟圈,在眉头紧绕
怕一转身,遗落的灰烬
无法找到童年的书信

邮差是候鸟。在老屋来回穿梭
八仙桌,老戏匣子,录音机,玻璃球
解开中年的枷锁

母亲手里的针线活,缝补着
漏掉的时光,风吹不动
我坐在风里守望故乡

剪刀里走出魔方,安静得
如一座城,如此良辰吉日
平分秋色多好

院子里,会呼吸的冬枣树和蔬菜接吻
一畦一畦不连贯的句子,撑起
母亲弯曲的腰

我看见,老屋檐上的四只麻雀
总想起树上的鸟巢,归来兮
濒临枯萎的叶子,变得鲜活起来

## 寒露帖

秋深了,深到了腰际
一些无法触及的疼,开始剥离

花木扶疏,浆果的味道
提示着——
万物轮回,皆有因果

雁,开始准备迁移
从北方飞到南方,抵达
成了一种风景

空气短暂的沸腾,草窠里、落叶里
树丛里,露
凝结的欢喜,一层又一层

我躬身,从安抚的键盘寻找
飞行的轨迹,长长的线
连接着故乡、异乡的游子

身份证有效,十八位数字
串起一生的悲喜,阳光眯着眼
想象着悬而未落的霜,那种美
让人窒息

昨天还在笑的石榴,今天挽起发髻
踮起脚尖,袒露真实的告白

## 霜降,压弯了视线

绿,藏起了娇嫩和翠
色彩变得枯黄,只等一场霜
将头染白,将躯壳埋入厚土

枝蔓,不再坚硬
更接近脆弱,就像流动的血脉
失去了筋骨,游离
成为这个季节的一种结束语

凌驾于深秋的风,吹过焗烫的长发
故乡变得越来越飘摇,只留下一个符号

垂下的眉,压弯了视线
我看到的事物都开始越来越低地行走

生灵寻穴,找个地方安家
发霉的种子呀,摒弃杂念
抱紧荒地,仿佛到了春天也有生命

静静地聆听,枫叶凋落的声音
柔软如丝,砸疼我火一样的热情

从左手到右手,握在掌心里的暖
已渐凉,交替的余光
凝结着水气,气温骤降

我裹紧大衣,收纳着人间的悲伤

心已抵达布达拉宫,随着朝圣的长头
把至诚敬佛,一寸寸目光在缩小
小到如豆,距离刚好

身体的印痕,将灵魂引向天堂
口中呢喃着六字箴言,我又匍匐下
望着远方

## 立冬，黄土地的一声呐喊

忽如一夜，就到了冬天
喉咙里的痒，怎么也咳不出
服一副中药，暖一暖

北风你就吹吧，芦花腰弯到了地
白杨树的眼睛里，装满这个季节的秘密

垒得越来越高的玉米囤，围成一个
圆圈，像秋天的一个句号
故乡的小院，盛满童年的回忆

冷，是灰色调
一层一层拥挤，与冬青并肩
每一个日子，变得充满绿色
视线之外，与镜子同行

夜，抓住铁一样的黑
无边无际地爱着，豢养的
黄土地，发出一声声呐喊

在寒风里，我披了披衣襟
仿佛看到了春天，轻轻地
叩打门扉

许多美好的事物，开启酣眠模式
温度再下降，沉睡的花朵
悄悄绽放

## 小雪,回家看看

小雪,经过 19 个站点
在滚动的歌词里,一声声喊着:
回家。回家。

等一会儿,再等一会儿吧
小小的,薄薄的,六角的小雪
像一个顽皮的孩子,从肩头吻到额头

就这样,在冬天的门口
换上新鞋,穿上洁白的婚纱
笑着,笑着

细碎剪破窗花,琉璃的静
安放下聚拢的风,赶在失忆前
举证万物

相遇无言,我捧着天使
恍若看到,欢快的鱼回到了水里

多情的眼睛里,有一道弧线
自己给自己种下了幸福,向亲人们
集体问安

## 大雪迷失在回家的路上

阳光在黑夜走失,今天大雪节气
无雪,大雾封锁了所有的路
一把瘦伞,把天空遮盖

来不及寄出的信,辗转在手上
一些话还需要补充,需重新组合

我用虔诚的心,一根根拔出冬天的白发
疼的时候,喊一声你的乳名
行走的风就会改变方向

打开双闪,在一片白茫茫中穿梭
像一条游泳的鱼,裹满鳞甲

雪还在回家的路上,白色的马匹
踏过泥浆,饮尽寒霜
闪亮的眼神,拥有冰清玉洁的灵透

大地的僵硬,深入骨髓
心语和乡愁,醒来又睡着
空旷的谎言,扣在十指

灯火,爆发微弱的光

## 冬至在一枚词里永生

冬至,顶着风
抱紧一枚词,在炉火里组装着
过年的佳肴

它们自顾自地说着,温度在上升
离别的背影,藏在一杯咖啡中

你说,看着我喝完
你就上岸,想念的人在核桃中开花

至冬,在这一刻停留
把尸骨埋在土里吧,春天也许
会长出草木

睁开眼,一缕阳光
像神赐予的爱,轻轻地呼唤
我的小名

奶奶的青花大碗中,走出几声鸟鸣
一个个闪光的词。占领着清晨的幸福

此刻,我是一个诵经的人
敲着木鱼,每一秒都栖息在树林
指间,漏掉熟悉的名字

辑三 触响光阴的琴弦

我落下的每一滴泪,在一首首诗中永生
认领,每一天的不完整

三餐变两餐,想追上奔跑的火车
呜呜涂上绿色,画个汽笛
也许下一站,我的灯就会黑

白色的烟雾弥漫在整座城。十二月
我迷路了,像一根默默站在街口的筷子
孤独无助

## 小寒不寒

小寒很暖,没有寒气逼人
没有冷酷到底,所有的一切都是意念

墙角的老人们摁住阳光,一秒一秒
消耗着时间,看着小寒
挥着水袖,拥着云朵

齿轮咬合着轨道,像一个老木匠
在吊线,一只眼锋芒毕露
另一只眼抵达终南山,抽出胚芽
在执念里打坐

天空着,心空着
站在废墟的我,一路奔波
身后的风景,没有姓名

丢失的马蹄印,留在腊梅的树下
静静地,像一个熟睡的孩子
啊,我的宝贝,今天咱回家了

风不紧不慢地,重复着一个动作
远处的火车已经驶向下一站
你的站台,无人售票

## 大寒,晃了一下身子

大寒,最后一个季节
他举着自己,心缩成了一团
像一个圆心菜,层层包裹

冰累了,即将融化
无法在冰面安家,做一回
流浪的佛陀吧,沐手焚香
超度自己

不敢向前,再走就是悬崖
去掉虚无的枝杈,原路返回
贴上寻人启事,另一个他起身了

寒冷钻进树林,火苗点燃红日
尖酸刻薄的风,躲进了观音的魔瓶
亲爱的大地,苏醒了

向内走,穿过自己亲手建造的
庙宇,一个伟大的灵魂
在这里安息,上帝呀
我是一条鱼,吐纳自如
和同伴一起吟诵爱情

这里的事物,一切都在变绿

## 新年赋

翻过这座山,就到了新年

新桃换上,窗花贴上
大红的灯笼也挂上,喜鹊在门前
绕来飞绕去,春
来了,节气都换上了新装

疲惫的冬,隐藏起雪
消磨掉一季的哀愁,让回忆冬眠

卸甲归田的大寒,安守在
垛口,举着高高的酒杯
把幸福斟满

二十四个孩子手牵手,顶着霜华
拿着画笔,左拐右拐
把太多的留白,补全

卡在喉咙的祝福啊,已溜到嘴边
吐出,就是葡萄一串

晨风中,松树收割起体香
在岁月的落款处,盖上印章

每一个人

把异乡作故乡,背着儿时的
村庄,用缜密的丝线
绣一个又一个铜钱

今夜,月光如水
纤瘦的时间,摇了摇算盘
珠子的起浮,就在手指之间

春天已发来邀请函,她要在
除夕正点,不偏不斜地
落入晷眼

她将储存的思念钉在墙上,安静
下来,呼吸着同一片蓝天

来,跳一支舞吧
迎着第一缕晨曦,点燃第一炷香

辑四

雕刻生命的花朵

# 乡愁，竖起来是一道风景（组诗）

## （一）故乡的魂

时光魔盒，把故乡变靓
就像一个耄耋的老人，穿越回了壮年

倾颓的院墙，修葺一新
长满荒草的屋脊，盖上红瓦，大门
刷上油漆，城镇化巨大的车轮
碾压着古老的土地

归来的燕，和星月同眠
一幅幅新农村的图画，竖起来
不说话，就是一道风景

蝴蝶，张开蓝色的翅膀
从墙上走出来，文明之风
端坐在田间地头

用一滴水，滋养干渴的乡音
先于奔向我的——
是振兴乡村"三年规划"

它牵着全村父老乡亲的手，描摹着
鲜明的版图，如水的月光沉下去
无公害的药材、水草，游弋在潮汐

弯腰,再弯腰
父亲用布满皱褶的额头,亲吻着
这片热土,一股清泉喷涌而出
潺潺穿过身躯,那些细小的荒芜
一次次被埋葬

眸子里,盛开了一朵朵莲花
它们一朵赶着一朵,把夏天
推向高潮

网络般的街道,捡起雪白的光
所有的语言,动起来了


## (二)故乡的人
抬头,看故乡的月亮
静谧的银河,屏住呼吸
村庄沉默,矮了下去

夜,被倒空了
一只狗在门口喘着粗气,我听到
树在私语,集体的呼噜声
此起彼伏

佝偻在土地上的亲人,数着
二十四节气,一截一截的日子
被剪刀剪去

一些人和另一些人讨论着,路灯关掉
一个孩子坐在石阶上,听蟋蟀歌唱
大片的庄稼,张开大大的嘴巴

### (三)故乡的屋

眼睛,割裂天空
几片白云,卸掉枷锁
抖抖蓬垢的身躯,故乡的屋
没有暗疾

它像一棵干枯的树,久经岁月的
侵蚀,独坐
接受寒凉,接受空旷

这复苏的半导体,经过修缮
有接收的频率,可以讲话

老式的小推车,吱扭吱扭
驮着夕阳回家,满院的菜香
让我就着暮色一饮而下

飞累的老鹰,找到了家
老屋的门锁发出低低的欢叫
给予一个新命名吧,视线之内
讨要一把钥匙

别忘了,有风
适合授粉,适合播种

把故乡的根,留住
把院落打扫干净,出走半生
归来,仍是少年

### (四)故乡的井
一口井,装下星星、月亮、太阳
影子背对着村庄,葳蕤的庄稼
挤出白花花的盐巴

闪电,如手电筒的光柱
照着老井,它的炽热与宁静
对峙,许多张熟悉的面孔
醒来

微不足道的悲喜,都是小事
而我想变成井里的一块砖,靠近它
在一个阴凉的午后,陪它说说话

老井不老,它是曜石
祖祖辈辈的轮回中,活成黑陶

# 一枚小如红心的太阳散发着温暖（组诗）

## （一）登泰山

仰首看山，仿佛遇到了春天
一枚小如红心的太阳散发着温暖
满山的石头、树木，吸附着金色
我的背，弯在十八盘

一步一个台阶，拾级而上
起伏的山峦，透着厚重的文化内涵
每一朵云，流下
都是故事翩翩

攀着天梯，扶摇直上
巍巍的唐松招手相迎，全身的血液
涌动着，我进行着一场与历史名人的座谈

登上了泰山，就像完成一幅长长的
山水画卷，看着作品
签字、盖章，慢慢细琢

转身筑墙，俯首凭栏
万丈豪情，种在云海玉盘
守着五岳独尊的险，任风吹我
像一个老朋友抚摸

膜拜的祈祷声，合着袅袅炊烟
外部和内部，光明和黑暗
延伸到山谷，延伸成感悟
像一首词牌，经久不衰


## （二）游济南

热与火交织。紫薇花开到了荼靡
一簇簇，在干瘪的昨天里
残留在漫长的黑夜

一如排列整齐的楼台，一如七月的遐想
接一壶泉水吧，蒸煮茶茗
面对起伏的嗓声，几片绿油油的叶子哑然

梨花迷路了，在这个夏天
心结冰了，在泉城济南
铺开、包裹，像粽叶
总也找不到合适的节点

护城河的船，打捞起残枝败叶
小小的航道，载着白茫茫的帆
点点渔火，喂养着即将窒息的鱼儿

湖面倒影的我，与柳条成像
长发中，看到
一个眼角流到另一个眼角的泪

一只鸟孤独地飞过水面，我们是陌生的
你不认识我，我也不认识你


### （三）逛一逛趵突泉

泉水叮咚，摇着小小的风铃
路过，留下脚印和手模

清冽的水，葳蕤的绿
装进口袋。舔一舔
一种喜悦撑开微闭的双眼

南回的列车呜咽着，像汩汩的泉水
淹没在喧嚣，它任自喷着水柱
落在我的衣服上

夜未央。每一颗繁星都难以割舍
霓虹灯，照着婀娜的身影
我走不进去，探寻不到深层的潭底

请允许我的坦诚，每一股水
都有一生那么长，走呀走
风景在缩短，恍惚中，我们又老了一年

我呀，像一颗遗落的石子
兀自躺在山坡上，静静地
对饮月光

## （四）走一走大明湖

那条熟悉的路，仿佛走了千万遍
一花一草，一树一木
隔空的距离，就一滴水

还是那艘船，还是那座亭
漫步蔚蓝轩，抚摸乾隆帝的手御
物是人非，陡生伤感

轩亭之上是蓝天，轩亭之下是湖水
两根上下的绳索，拴住流动的光阴
一湖春水，俯瞰着人间

比如现在，我咳一下
湖水就微微泛起碧波，是你吗
夏雨荷，在一朵云里坐禅

倒垂的柳，越长越长
编织成箩筐，盛满思念
湖水淘洗的故事，在波纹里
缓缓流淌

我倾听着，不敢出声
怕惊动流水的方向

船行，如离弦的箭
划开碧波，落荒的文字

刻在石碑上

交出悲凉与疲惫的黄昏
躺下去的人,还在亮着剑

与旧时代划清界限,朦胧的灯光里
分娩出一个婀娜的身形

## 那片树林,是珠贝
——写给万亩氧生园

走过去,坐在你的怀里
多么的惬意,多么的温暖
像母亲的臂弯,安静地
等一场雪来覆盖

一路上草木都低下了头,只有那
万亩速生杨,有序释放着体香

枝干宛若丰腴的女人,炫耀着
锈色的爱情,从葱茏到枯黄
恍惚中,陪我们又走了一个轮回

寂静的林子,鸟鸣忽高忽低
隔目相对的运河,丢下堆砌的诗句
起身,走向下一个岔口

无数沉淀的秘密,埋在了河底
他像一个隐遁多年的隐士
举着寒冷,燃烧这个冬季

我的灵魂呀,走进了一扇遗忘的
木门,如风中的蒲公英
收拢起翅膀,落在唐朝的辞章

来不及向下生长的根,封存在
自己的密码里,清晰的脉络
打磨成光亮的珠贝

我从晨曦中取出金钥匙,给这片
树林,涂抹上一层羞涩的红晕

## 不朽的遗址
——写给世界文化遗产谢家坝糯米大堤

斑驳的运河
冗长,厚重
每一处遗址,都掩藏着
一段不朽的历史,比如
谢家坝、南霞口渡口
它们如沉睡的蟒蛇,抚摸
温润,有体温

油亮的躯体在门前蜿蜒流过
反复咀嚼,反复翻阅
每一寸肌肤,芬芳着重生

遗忘,不是安身立命的根本
牢记,未画完的釉彩画
过夜的藤条,被风牵扯着

看见的斑驳,看不见曾经的
繁华,还有许多许多的故事
记载在册,岸上的碑
驮着沉重的史书,慢慢攀爬

河水飞溅成花朵,叶子落地成家
憔悴的运河,脸上雕刻岁月的
花朵,低垂着垂垂老矣的身子

微抬头,隐藏着骨折的疼痛

黎明低矮,冉冉升起的火
在运河里泛舟,秋水凝固
水下的淤泥摇晃着宁静
遗址上坚固的木桩,打量着
一群群陌生来访的客

历史趋于平淡,繁华的
外衣,一件件脱掉

对面的渔火,演变成
峭壁的巨舌,正如
麦粒中行走的三叔
一年一年复述着遗址的传说

最亮的灯呀,绕过黑夜的起伏
细数月亮落下的碎屑
母亲坐在岸边,微笑着
晚霞轻轻地唱着歌
我弹起木吉他……

## 我说的蓝是澄澈的蓝
——印象青海湖

水汪汪的眼,镶嵌在青藏高原
放牧的鱼群,滑翔在湖泊的掌心
哦,蓝色的船推动蓝锦缎

襁褓中的孩子,深情地望着
巍巍的高山。是别离,是回眸
我说的蓝,蔚为壮观

亮起的灯盏,是吐蕃王遗落的繁星
仰望秋天。棕头鸥、斑头雁、赤脚鸭
筑巢产卵,唧唧地鸣叫
退回到岸边

一瓣一瓣的月光,恍如柳叶箭
隔窗,击中鹰隼
遥远的思念,悄悄地留在长安

路很长,走了一程又一程
拨亮的烛火,燃到天亮
黄色的油菜花,收容着苦乐

那干净的阳光呵,绒绒般的暖
叠加的海水,垂下耳朵
像唐代的守护者,等故人回访

寂静的湖面,海水默契地拥抱
小脚丫,一趟一趟运送着信函

## 乌镇，枕水而居

（一）

枕水而居，那里的小桥流水
流淌着碧绿。斑驳的石板
乌青的黛瓦，从高到低
汇集成一潭亮晶晶的颗粒

悬而未落的露珠，通过晨曦的音律
一跳一跳，抵达霜染的中年
水滴灿若星辰，如瀑布流下

余音绕过摇动的船桨，欸乃声
穿过指尖，像浮动的鱼鳞
潜伏下来，见证古镇的成长史

（二）

呼吸的间隙，两岸的木屋后移
一枚枚刻着年代的硬币，滑过岁月的年轮
不知疲倦的文字，头顶苍穹，悠悠生香

匍匐向前，向着黎明
向着无边无际的霓虹，在河水中永生
明洁的幽静，挤出蹩脚的明喻

高竿船向上牵引。原生态的艺人
爬上桅杆，晃动的蚕宝宝
一下一下，弹奏着心曲

（三）
我在这里，大口呼吸着空气
与她相拥而别吧，有些雨水
丝丝缕缕。像你来我往

不预告的归期，散乱或微甜
寂静的夜里，忽然
又想起你

## 扬州印象（组诗）

### （一）下扬州

把心邮寄到扬州，看看
窄巷古街，看看李白笔下的
琼花杨柳，看看琼花杨柳

梦中的情人，我来了
在你的媚眼中凝望你
看看可是我想象的模样

踏上这古朴的方砖，感受你
跳动的心弦，我知道
为这一天，我等了很多年

我是一条鱼，是你丢失的
一粒种子，这一刻
我被幸福包围
泪水打湿柔软的缰绳

小小的共振，如闹钟
穿过火车的共鸣
在线装的古书中停留

## （二）窄巷

写到扬州，不得不说窄巷
长长的，深深的
每一条，都是一部无言的史书

走近她，第一次走近她
黛墙青瓦，苍苔绿藤
骨血相融的脉络，拖拽着前朝的繁华

络绎不绝的人群，探寻着炊烟袅袅
她——就是这座城市的坐标

隆起的故事，悬挂在门前的
红灯笼上，抑或
写成落满轻尘的诗行

原始的风貌，纵横的皱褶
匍匐。耕耘
沉淀成一幅古典的水墨画

592条小巷，如蛛交织
一行行文字，搂着她的
儿女长眠在青石板下
月光满天，琼花开了又谢

延伸，再延伸
巷子越来越悠长

## （三）个园的凝望

个园的眼眸，长出羞涩的青竹
叹息，摇头
来不及转身。已是曲折百致

亭台轩榭，山径通幽
静止或喧嚣，相视一笑

奔腾的溪水，像一坛老酒
埋在地下，超越了时间

此刻，她是一个新娘
注视，凝望
轻唤她的名字

古老的昨天，熄灭
柔软的身体里点亮一盏灯

## （四）瘦西湖不瘦

在三月，寻着唐朝李白的诗句
走进扬州，寂静中的寂静
在二十四桥的眼眸中，抬升

瘦西湖，不瘦
她精致，秀气，灵动
直起的身子，恍若神女的腰带

五亭桥、荷花池、熙春台
像一个个读书的学郎
闪身，缓缓落座到我的身旁

无声的暗语，将美景托起
微风中，凄美的传说，开封

远处悠扬的小调，穿过明清的街道
落到樱花树下，大片大片的芍药
绯红绯红

湖水和游船不厌其烦地流动着
故事打着旋，沉入湖底


**（五）大舞台，千秋粉黛**
扬州小调，慢慢听
柔和的眼神，再现古韵风情

古筝、琵琶、二胡
传承岁月的荣枯
风化的记忆，在含苞的伞尖
收拢

初见的悸动，覆盖着江南的葱茏
来自天国盐商的潮声，一声高过一声

今天,地平线留下一个背影
像朱自清,不曾停顿一秒

音乐的律动,敲击着键盘
揉碎的表情,散开

合着一壶碧螺春的茶香
挥舞长袖。作揖,鞠躬

捆在石头上的风筝,发出稚嫩的童声
咿咿呀呀,咿咿呀呀

大舞台的序幕,手一松
又复回原处

## 七里山塘,透着独有的沧桑

石头桥拱住身子,按住缕缕炊烟
白墙灰瓦下生火的人,眯着眼
梳理着朝代的变迁

屋顶与屋顶是孪生的,它们挨在一起
顺从着上帝的安排。逶迤的河水
闪动着纯银的迷幻

安静的七里山塘,是苏州的独子
他坐在市中央,那满脸的沧桑
掩盖住高冷之心

成群结队的游人,奔赴"东方威尼斯"的晚宴
湿漉漉的青石板,抒写着峰回路转
越来越清瘦的河,似乎也有了矍铄之气

古老的戏台,擦掉眼泪
决绝地,旋开时空之门
拼尽全力告诉后代,它活着
和每一个黎明一起醒来

时针一圈一圈,赶走了一个朝代与另一个朝代
眨眼的距离,转身
前朝的繁华,在死胡同成为传说

羞于对赝品说话，假装失联吧
隔着无尽的光阴，敲打十月的肚皮
深深浅浅的妊娠纹，在风中绽放成朵朵祥云

虚无与现实达成妥协。撤一步
赋予他新生的港湾，这位历史的老人
沉默成一弯月亮

在一家茶馆，悠闲地
喝茶，听评弹

## 在淮海战役纪念塔下,听涛声

轰轰的炮声、枪声已走远
唯有,纪念塔耸立在松柏间

一个个烈士的名字,垫高着云龙山峦
更远的索道,把他们送入云端

宽大的叶,掩盖着历史,
剜出,就是锋利的刀剑
一股深沉的力量,推着鲜活的事迹前进

闪光的麦田,长出年轻、英俊的脸庞
此刻,我看见弧线揉碎天空,雨水
擦亮一望无垠的白

一束束菊花环抱着挽联,在秋风中
如经幡寻找着光明,如肩膀托起群山

胎盘,在祖国母亲的子宫摆动
一下一下,疼痛叩开心门
呐喊把黑暗吞噬

灵魂,在一缕缕的香火中重生
两岸的船,荡开万盏磷火

收集的钟声,越来越密

似淮海战役的集结号,高音、低音、中音
锯齿状的月光,覆盖着另一片月光

恍惚间,一个个青年躺在山坡上
寂静里。失忆了,丢了名字

浮起的雕塑,用振动的羽翅
触摸着心跳,夕阳中的塔尖
仿佛是一盏不熄的灯,罩着
暖暖的房子

## 西湖的水，盛在一生的期待里

西湖的水，淹没了如织的游人
蜿蜒的苏堤，辄印比皱纹还深

一个又一个凄美的传说，成为
渡船上的沟沟壑壑，时间老去

越陷越深的化身，斜插入舞台
桥面宽阔，一对蝴蝶
僵硬的身体，软了

往事历历，相互纠缠
"给我一天，还你千年。"散落的桂花瓣
落进发梢，细微的樟树香环绕着我

纵观——
西湖的水，没有想象的清澈
它没有豪言壮语，所有的参与
都盛在一生的期待里

它亲吻着经过的船只，用一场宿醉
表达着爱意。微笑里藏着修行的血泪
让结束重新开始吧

倒掉的雷峰塔又竖起来了，金灿灿的塔尖
像向日葵，跟着太阳转
（注：杭州市的市树是香樟树，市花是桂花。）

辑五

# 拨亮诗歌的灯盏

## 春天,是一个动词

春,打了一个盹
醒来已是子时

沉寂的夜,被圣火点燃
满天的星呀,眨着长长的睫毛
唇,氤氲成一朵朵花

春,耕犁着月光
像一道闪电,高于泥土
低于天空,奔跑的牛
越来越苍老,只剩下佝偻的身影

那五彩的釉,举着火把
扭动着身躯,沐一场抽芽的浴

火红的新衣,飘飘的长发
怀抱着新年的圣旨,与春
诉说着离别的愁绪

春,是一个青果
需沉淀、过滤
涂上阳光,抹上蜂蜜
用相思,坚守爱的秘密

每一个词,都是一个开始

数着数着，就数到了自己

慢点，再慢一点吧
我要用丝线，垂钓起整个春天
亲爱的，你闭着眼睛
就能认出我们的孩子

## 裴俊兰点评：

　　这是一个从冬末的紧张感走向世界开始的新春，一个"醒"字提升了春天的能量。感知记忆的深处不再谈论悲伤，点燃的圣火、奔跑的耕牛、萌芽的身躯……一切欲望与春共舞，就连时间都流淌着蜜的阳光，每个自己都冲破僵硬的枯物。慢点，再慢点，诗人总是感到时光流逝太快，她用诗意的彩线垂钓起整个春天，孩子就是希望，她占据了诗人整个心灵，直抵诗人精神的核心。"把地球交给孩子吧／哪怕仅只一天／让世界学会有爱／……孩子们将从我们手中接过地球／从此种上永生的树"（纳齐姆·希克梅特）

　　这是一首春意盎然的诗，充满了欢快。让人没有一丝不安，看不到丁点挣扎的痕迹。这个盹打得好！

## 独白

低头或仰望,眸光中都是你的
影子,需要多大的风
可以荡涤盐粒的疼痛

飞驰的列车,载着陈旧的故事
开往春天,回忆的琴弦
在山峦上缓缓移动

一束阳光,按住跳动的
音符,询问来路

夕阳隐没,那朵桃花醒来

## 裴俊兰点评:

  当爱的踪影变得模糊不清的时候,伤口在等待中苟活,渴望很快就变得稀薄起来。
  爱的列车仍在陈旧的故事里奔驰,询问的目光:列车会开往春天吗?心中的柔软被搅动起来。
  其实,爱就是那朵转世的桃花,在夜色中醒来。这是一首为不在场的爱独具幻想、无奈、渴望、等待,融为一体的情感独白。这首诗读得让人唏嘘不已,又不愿割舍。好诗就有这种魔力。

## 相信未来

未来在前方,它栖息在
某一棵树上,如婉转的鸟儿
在黎明歌唱

季节撤退,退到目光所及的
地方,满地的沧琅
诉说着曾经的彷徨

匍匐、前进
挣扎、飞翔
如一截截木桩,围满灰色的篱笆墙

往事,忽明忽暗
那跳动的音符,如高低起伏的
五线谱,坑洼,荆棘
鲜花,掌声,汇成一条河
转身,半生走过

夕阳已站在肩头,吐着
火烈鸟的红,万物垂下身子
挪移着莲步

一场雪覆盖不了雨的承诺
去旅行吧,去江南的水乡
另一个自己去追赶时间

那些打马而过的时光，一层层
抽离，包裹
像珠链，挂满老屋的佛堂

星光刚好，不冷也不暖
正如此时的你，提着灯笼
在寻找梦中的桃花源

## 裴俊兰点评：

  未来是不确定性的，我们的选择永远在路上。它短暂的栖息后，会抽身而去，它就是一条未来的河流。目光触及的岸上，一寸一寸现实留给我们，伴随着彷徨和踉跄的步伐走过半生。诗人在这里特写了夕阳的火烈鸟。我们都知道，火烈鸟象征着自由，不灭的意志和无穷的精力。诗人用一个现实的自己表达厌倦和沉闷；用一个未来的自己肆无忌惮地张扬青春和爱情。时光抽离了虚无，只剩下一座虔诚的佛堂。星光刚好，诗人的终极理想，就是梦中的桃花源。我想，五柳先生会等候着她。

  总之，读斐儿的诗，时光和诗意驻足在心头，如春天的马蹄声，如花开的声音。

## 我和春天有个约会

拽着春的裙角,一路奔跑
香软俘虏了我,我醉了

似乎听到青草拔节,听到
镰刀敲鼓,听到蜜蜂击掌
听到万物在呐喊

一场春天的运动会,应运而生
亲爱的朋友,不要询问我的
姓名、民族和来路
当我穿上绿衣,像闪电一样掠过
你就睁开了眼睛,山色浮动

春呀,是一座城堡
里面住着不想离开的人

春拿起一件披风,磨亮所有的
兵器,一块砖一块砖
垒起避风的城墙

她在一缕春风里,复活又死去
墓碑没有署名,只有荒草在匍匐

斜阳沉了,风又吹起
我的影子像含羞草,卷起
又散开……

**裴俊兰点评：**

和春天约会，是每个诗人的梦想。

春天是令人沉醉的，诗人多么像个运动健将，向着春天的原野跑去。青草、镰刀、蜜蜂，都在为她击掌、呐喊、助威。

春天的生命力是强大的，不被俘获的爱情一路狂奔。

春天的城堡美丽得像个女王，将万物迎进繁殖的园林。

春天的空气大声哂笑着，将死亡孤立进荒草中的墓碑。

诗人通过强烈的绿色，装点着诗意的画面，具有鲜明的视觉冲击力。而那株孤傲的含羞草穿着那件披风，站立于春风中，敏锐的神经感受到斜阳之后便是渐渐迫近的夜色，但它不恐慌，始终坚守着一贯的生活态度，这便是来自诗人不曾动摇的信念。

# 一本书

一本书,还没睡
醒着,像稻草人

或许就这样,站着
等着炊烟伸出舌头
暖暖地,舔她的额头

一双手,将季节的枝条抬高
颤颤地,我看到孤巢
她,就是居住在我体内的
那一个器物

风不止,暗藏的雪花
就会被取出,一半灯火
一半诗行,装点
枯燥的时光

我庆幸,我依旧爱着
爱着后山的石头

## 李庭武点评:

　　能写出"等着炊烟伸出舌头 / 暖暖地,舔她的额头",这需要有生活的烟火和精神的游历。一个好的雕工,可以让枯木成为游龙,一个好的句子,可以是盐巴,让平静的钢水沸腾,一点不假。这首诗,仅仅这一句,让我深陷其中,不能自拔。

## 一米阳光

光,把四季来回地翻晾
复数、函数、微积分
一起登场,指尖复印着时间

日子缓缓流淌,慢慢斟进了酒杯

一条看不见的界限,分隔着
白天和黑夜,一篮子的叮咛
汇成一条清澈的河

你看,聚集的底片上
拂动着母亲的白发,像
一朵朵思念的麦花,落在地里
生根、发芽

绿色,挤满心房
暖暖地,一盏灯打开
另一盏灯熄灭,一茬一茬
流动的爱在叠加

背对着时间,生命一天天
变薄,那个跟随着阳光
转动的,向日葵
低下了头,躬下了腰

## 李庭武点评：

　　这首诗的成功之处在于画面感。我想到伦勃朗的油画，静静的田野泼洒金黄的光芒。于是乎，画面中的男人、女人，就是我们心中神圣的父亲、母亲。乡愁、乡音、乡情，皆成了淡淡的背景。背对着时间，生命一天天变薄，朝向阳光的向日葵，缓缓低下头颅，就有了凝重与思考。斐儿的诗，诚实且落地，厚质也温软，可读，可品，可回味。隽永。

## 在春风里摆下道场(外两首)

悲伤。填满春天的眼角
蜷缩的美,很另类

地球,一个居住 70 亿人的大村
挨挨挤挤,分布罗列
我们人类都是寄宿,没有高低贵贱之分

看吧,每一个人都是一盏灯
或明或灭,移动的风景
从未孤寂,比如你路过我,我路过你

暗红的纹理,斜躺在泛绿的草皮
影子和我们,是一条线
谁也逃不出脚印跟踪脚印,最后都走进银河系

时间压住针脚,一针一针
怎么也缝合不了裂开的伤口,天已晚
我们都加穿上厚厚的防护衣,备足粮食
等,一场风暴来袭

在春风里摆下道场,听布谷鸟
一声紧一声,敲击木鱼
拱起的鲫鱼背,凸出海平面

一条小鱼,在小寐

今天风平浪静，阳光
亲吻每一片叶子

## （一）大地铺满了众鸟的羽毛

一声脆响，惊飞在电线杆上
落脚的鸟，扑棱棱
满地的羽毛，轻轻地叫

大地，这个醒来的孩子
它甩开鞭子，赶着吃草的牛羊
恍若奔跑的云，在赶往春天的路上

两座山相互碰撞，火花如流水一样
水草、芦苇，顺流走进众生的土壤
小小的荡漾，一刻不停在梳理我的羽毛

太阳向西挪了一寸，我深陷春的篱笆
在一幅画中游走，看到梵高的鸢尾花
越长越高，高过我的头

鸟鸣啾啾，拔节的麦苗
分蘖出，一撮心事

目光对视着，仿佛我也变成麦苗
在这个春天，顽强地生长

## （二）花开半朵，万物皆为净角

绿叶，托举着花骨朵
潮湿的枝条，输送着养分

柔软，刺透多肉的掌心
缓缓裂开的山河，响起
时断时续的唢呐

鼓点交错。荒凉的静
被割破，包裹的蓓蕾——
伸出坚硬的壳

我庆幸，我拥有
半个春天，半个花朵
来复活盛唐的荣光

歌声飞不起来。命运的青苔连着井盖
疼痛，泪水
无法掩盖多余的注解

我找到一面镜子，反复练习呼喊
当，呼喊变成一堆生锈的铁
内心的岩浆，注满——
倾斜的城市

云开，天空睁开蓝眼睛

翡翠的玉镯闪现在寂夜。一个个净角①
闪亮登场

美，奇特的美
我站立在现场，深深地原谅

## 肖泰点评：

　　这组题为《花开半朵，万物皆为净角》的诗共计三首，都是写春天的。众所周知，今年的春天有点沉重，一场瘟疫，让"悲伤填满春天的眼角"。面对着这场突如其来的天灾，绷紧了所有人的神经。"时间压住针脚，一针一针／怎么也缝合不了裂开的伤口，天已晚／我们都加穿上厚厚的防护衣，备足粮食／坐等，一场风暴来袭。"除了那些奋战在抗疫第一线的人们，大多数人只能"在春风里摆下道场，听布谷鸟／一声紧一声，敲击木鱼"，以祈祷这场风暴的远去与消失。在此情境下，诗人除了祈祷，还应该像布谷鸟一样，用一声紧一声的歌唱，让希望"包裹的蓓蕾／伸出坚硬的壳"。在这组诗里，我没有读到绝望，恰恰相反，诗人让我们看到了"一条小鱼，在小寐／今天风平浪静，阳光／亲吻每一片叶子"，这也是我们坚强生活下去的动力所在。

　　第二首《大地铺满了众鸟的羽毛》，说实话，整首诗的意思我懂，但"羽毛"的意象，我没看明白。因为它被用在了题目里，自然应该有它特殊的含义。整首诗只是在第一节写到它："一声脆响，惊飞在电线杆上／落脚的鸟，扑棱棱／满地的羽毛，轻轻地叫"，意象很美，但是象征着什么，我没想通。虽然我也知道从诗歌里寻找答案是一件很愚蠢的事，但在我这个有点传统的外行来说，还是忍不住作如是想。整首诗

---

① 净角：是京剧表演主要行当之一，俗称花脸。以面部化妆运用图案化的脸谱为标志，音色洪亮宽阔，演唱风格粗壮浑厚，动作大开大阖，顿挫鲜明。

我还是很喜欢的，晓畅的节奏，优美的语言，不但令人想起梵高的鸢尾花，还让我记起儿时在家乡的田间地头盛开的马兰花，带着清露与泥土芬芳的马兰花。鸢尾花与马兰花是不是同一种花我不知道，但我知道它是春天开放最早的花朵。

第一眼看见第三首《花开半朵，万物皆为净角》的题目，我就忍不住想：诗人就是诗人，居然把半朵花与一帮壮汉（净角）联系在一起，而且希冀用"半个花朵／来复活盛唐的荣光"。我想，净角的意象大约源自"呼喊变成一堆生锈的铁／内心的岩浆，注满——／倾斜的城市"，人在压迫之下就会变得坚毅与刚强，在苦难面前昂扬起斗志。"云开，天空睁开蓝眼睛／翡翠的玉镯闪现在寂夜。一个个净角／闪亮登场"，它是在"半朵花"的导引之下大地灵魂的舞蹈。

读梁红满的诗，沉重，但不沉闷；丰富，而不枯涩；空灵，而不虚幻。每一首诗都耐品，可读性强。既没有意象轰炸下的窒息，也没有语言雕琢的钝锉。祝福红满逐梦前行，创作丰收，未来之路越来越宽阔！

## 空心稻草人

站在那里，穿着人的服饰
像一个打击乐手，挥臂抬腕
看着时间

独自念白，一颦一笑
从实到虚。翻越着大地的章节

鱼鳞云涂抹着庄稼，每个月份
都有一批孩子回家。日记记录着行程轨迹
打断的话，空着

一些旧友和故人，在欢送和离别中走远
有的成了空椅子，有的成了一根木头
每一天，重新排列

喧哗过后，是深深的沉默
一个信封，里面装着未说出的话

## 苗雨时点评：

  一个"稻草人"在风中高高站立，它驱赶着鸟雀，守卫着庄稼，也翻阅着大地的章节。它手中的信件给人世间传递着秘密！

## 用旧的日子[①]

日子，攥着攥着就没了
如一个委顿的老人，被时间敲掉了牙齿
没有感觉，没有悲喜

身后跌落的驼铃，堆积成丘
坡度，驾驭着潮汐
那么长的梦，一边旧去，一边新生

一地的脚印，串起岁月的弦音
如豆的月光，替我赶路
一日又于一日折叠在一起

二百零六块骨头，一点点磨掉
南来北往的风。一层白霜发出碎银子的
声响，依依不舍

松动，老化，它静静地坐着
恍如一个做错题的孩子，不言不辩
转身，一张 24k 的纸写满文字

蝉鸣一起一伏，像某种发泄的情绪
忧愁和喜悦，被圆形的树冠
当作图章，摁入大地

---

[①] 《用旧的日子》：2020 年《湖北诗歌》第二届全国现代诗歌创作大赛一等奖。

留守的羊羔花，咩咩地呼唤

河水像一个失语的哑巴，默默地流

默默地流。用四季的更替来证明

它的一生是

头顶的白，夜晚的黑

日子，如此短暂

## 王兴中（蹉跎）老师点评：

### 两道光聚焦的火花

　　诗难以下定义，只能描绘或意会或神会。不过诗有一个规律性的等式，即诗＝表达＋价值。诗的表达方式有万千种，但有一套基本的遵循。如诗语除讲究精炼之外，要注重内涵丰富，外延辽阔。每一个词（意象）都有情绪的承载，隐义的潜伏，生命的律动；诗的价值有万千说，总指诗的思想与艺术境界，即意义或灵魂。比照以上诗的等式，笔者对《用旧的日子》做如下简要解读：

　　文本的表达闪烁一道人性的光环。从诗题可以看出，日子本是一个平白的口语词，由诗人加一个极简的限制语，让日子具有沧桑感。再从文本内容的表达来看，几乎每一句都把日子写成了生命体（人与动物）的生存状态。而且从平凡的日子里抽离出特质的元素，串联成一行行关于日子的金句。如，"日子，攥着攥着就没了／如一个委顿的老人，被时间敲掉了牙齿""转身，一张24k的纸写满文字""河水像一个失语的哑巴，默默地流"等等。写者不是简单地写"旧"，而是通过制造现场，以人化语来呈现。不是告示，而是揭示；不是明示，而是暗示；不是告知，而是探知；不是表白，而是内白；不是展现日子，而是发现日子。

文本的价值闪耀一道理性的光芒。真正支撑诗的主骨是文本的思想价值（生活的指导及道理或启迪）。无价值或微价值的"精彩"表达是金玉其外败絮其中的玩弄，是文字的物理位移或堆砌，不是文字的深刻化学变化。是在一截朽木上刷油漆，是在一头花白上染青春，是在给死人化靓妆。《用旧的日子》不仅在表达上让物当生命体言说，更表现在文本价值上注入强大的内力。我在这首金奖作品的颁奖词里写道："正如诗中所言，日子就是一河或清或浊的流水。一切的忧愁、苦难与欢欣都隐忍于胸，如哑巴一样难以言说，却心始终是澄澈的，仍在一直向前不辍跋涉。这是文本给评审团带来的震撼力与感染力。"

只有当文本表达的人性之光与文本价值的理性之光聚焦在一起的时候，才能写出一首真诗或好诗，才能点燃一片诗的领空。

曾经有人形象地说过："猫喜欢吃鱼，可猫不会钓鱼。鱼喜欢吃蚯蚓，可鱼又不能上岸。"是的，上天赐予了我们许多诱惑，却又设置了诸多障碍，不让轻易得到。日子不易，且行且珍惜。日子并不是彩色的，只有黑白两种底色。

# 跋

## 源于真情的诗歌

祝相宽[①]

喜欢红满的诗,尤其是那些抒写乡情和亲情的作品。

精彩的诗句,总一次次地带着我沿着熟悉的乡路,迎着清爽的乡风,回归乡里,走近庄稼和笑脸,分享他们的安静和欢乐、疼痛或忧伤。

"微风吹拂着玉米苗 / 父亲弯着腰 / 侍弄着一根根泛绿的青苗"——《父亲,我是你种下的一棵玉米》。被风吹拂、被父亲侍弄的禾苗是幸福的,而同样被风吹拂、被青苗簇拥着的父亲也是幸福的,但"弯着腰"日复一日的劳作则毫无疑问是辛苦的。白描式的寥寥数笔,为我们展现了一幅开阔而真实的现代农耕图。

"清晨挂满了露珠,一株株怀孕的麦子 / 用生命书写着自己的爱情"——《小满辞》。这是麦子的颂歌,深沉而不浮泛,让我们自然联想到像麦子一样坚守大地的母亲,爱与敬意因此油然而生。

"空荡荡的麦田坚守着原有的初衷 / 古老的村庄,像一本厚厚的书

---

[①] 祝相宽:中国作家协会会员,沧州市作家协会第五届副主席。曾在《诗刊》《诗选刊》《北京文学》《中国作家》《文艺报》《当代人》等报刊发表作品。著有个人诗集《祝相宽诗歌》《心声》等六部。作品收入《中国年度诗歌》等多种文本。

打开合上"——《麦田，麦田》。麦子种了收，收了又种，一本书打开了合，合上又打开，农耕文明的传承和对古朴乡村的依恋，在一个看似简单的比喻中得到圆满的结合与表达。

"村庄越来越旧，如一条鱼／风一吹，鳞片就簌簌地剥落"——《故乡的月亮》。这是现代文明发展过程中的村庄，全诗笼罩着诗人的疼痛与哀伤，爱之深，痛之烈，在诗句中压抑着、浓缩着。

"秋天的红，就是一枚红纽扣／咬紧，每一天回家的路"——《秋天的红纽扣》。回家，是红满诗歌的一条主线。在这里，"家"是她精神的归宿或者图腾。这种题材虽不鲜见，但红满是真诚的。

喜欢这些源自真情的诗句，可能与我的乡村出身和生活经历有关。当红满再次以传神之笔呈现出来，我的感动是不言而喻的。红满不伪饰，不做作，不"为赋新诗强说愁"。我喜欢这种"真"，因为我真的被红满和她的诗感动了。

# 斐儿：大运河畔与渤海诗潮双重底蕴诗写

沈阳[①]

斐儿的第一本诗集《秋天的红纽扣》即将付梓，她嘱我一定要抽时间写篇评论文字，代为跋。我深谙，斐儿的诗歌一向颇富灵气，便欣然应允。斐儿有一首写红叶的诗歌，很具哲性思辨之意味。在那首诗中，她把"红叶"比作"秋天的红纽扣"。这也是其诗集《秋天的红纽扣》名字的来由。打开诗稿阅读，这一百五十多首诗歌，大多在省级以上期刊报纸发表过的，每一首都是那么灵动、精致。这让我着实为她高兴。

从中国新诗的诗学流派渊源及其形成过程这一层面出发，我们不时发现：当代女性诗歌的内在生成，与其所置身于她们的地域文化，一定都有着异常紧密的纫联。譬如女诗人的主体意识、诗语块垒、空间思辨等，这势必引起评论家对其诗写审美价值趋向的关注与探询。不论是女性诗歌的自我个性化、融入性历史化，还是绽放式动情化，我一直这样笃定：女性诗歌的美质与生力，总是维系于那个地域文化精神的某种符号，抑

---

[①] 沈阳，70后，旅居北京。河北省作家协会会员。中国文联出版社《河间诗人》杂志主编。《诗神》季刊"诗功课"副主编。现任河间市诗经文化研究会秘书长。2007年参加诗刊社50周年全国笔会。2008年参加首届河北省青年诗会。

或暗示和隐藏的花序之于那片大地之上的人文呈现。

　　站在现代诗学的新高度及其写作视域角度上看，斐儿，无疑是沧州籍女诗人中异常优异者。我曾经在数年前推出过"环渤海十二朵金花"的命定，斐儿就在花序之列。之于大运河畔与环渤海诗潮的双重底蕴的诗写，斐儿的女性诗歌视域，亦堪称竣美至臻、个性鲜明。

　　斐儿，是我近年异常看重的一位女青年诗人。她以一颗对诗无比赤诚之心，能够在寂静的深处打捞出一种湿漉漉的诗意。这诗意，恰如其人，总能让人倏然领略到一种颇具女性诗写火焰的竣洁之美。

　　之于诗歌，斐儿的诗思细密，情意晶莹。譬如在《潮湿的黎明》一诗中，她将"无孔不入的冷"进行疏解，扎辫成像，把一种无法解读变成可能。她让"一些旧事，像挂在柿子树上的灯笼/来了走了，火车筛选着黑豆黄豆/咣当咣当的轨道，缓慢抒情"，这种声情并茂的有效诗写，潜行于自身体验之内。她试图把主体认知的精神架构，化解于一种内在的觉醒之中。这让文化女性的精细、幽深的文化情致，似乎变得更有了某些具象维度的可能。当然这尚需我们从她大量的诗歌中得到印证。

　　之于女人，斐儿是一个很会倾诉并且柔韧俏丽的女子，颇具一种济世情怀。在《灰色地带》，她放飞的鸟儿飞抵水面的一刹，鱼肚白，打翻了蔚蓝，这不仅仅是内心诗意的呈现，更是"一枚绣花针"将要纫连的一个"点"的展开。一个能把"宁静"分开的女人，对她所看见、所认知的事物本身及其内核，一定具有了某种哲性思考。斐儿率真，丰富而竣洁。这让我想起 E.M. 温德尔《女性主义神学景观》。E.M. 温德尔认为，女性写作不应只是"阁楼式的"，而她们可能更需要某种开放式的飞翔。关于这一点，应该说斐儿的诗意触角和姿态，以及她对日常景象的审视和滤整，描摹出了一系列女性隐秘的心理图景。俯身拾起那些"独舞的脚印"，把"默哑的生活埋进泥土"，她以一种小情调、小思想，与一种大情致、深思辨，进行迤巡式碰撞，所以她诗写的先锋意识，总是崭新的。这"崭新"，是带着美女诗人心跳的一种灵性高蹈。

诚然，能够在自我窥视中发现智性飞行的能力，一定要具备一种超拔，这不仅仅是女性质感本身使然。斐儿在其代表作《超低空飞行》里的喻写，呈示出一种对自身觉醒的某种探研。是的，我们要一边仰望星空，还必须永远心系大地。

黑云压住城市的肩膀，耀眼的闪电／划开庙堂。疼痛的回响／锁住敲门之声／／你来还是不来。肿疖的毒／像膨胀的气球，一触即破／／学习超低空飞行，学习隐身术／做一只燕子吧，小心地踩着水面／接受虚构的美好／／

这是诗人斐儿失而复得的六月的一天。我想，这也是她对"自身诗意"认知上的一种态度。"在一次次漩涡中"，聆听鸟鸣，"把高过头顶的沉思""爬满绿萝的藤蔓"，甚至"午夜停留在隔空对唱的话筒"，斐儿皆赋予其以质感性情、审美况味。她把蕴藏了火山和冰川的心灵叙说，进行了一种探幽烛微式的榫合，并使之从抽象中剥离开来，极富语辞之光的先锋意识。

从女性诗学的终极意义上考量，斐儿倾诉生命与叩问时间的女性诗歌便具有了一种灵动。置身于大运河畔、环渤海诗潮这双重文化背景之中，斐儿以自身独特的个性体验，进行一种风情无垠的广阔诗写，这无疑具有了一种沧州地域文化的烙印。

行文至此，诗意无边。此书封面书名由原全国政协委员、原沧州市政协副主席、原沧州市文联主席、国家一级作家、沧州国学院院长何香久先生题写；扉页书名由全国著名诗人桑恒昌老师题写，可见大家都很喜欢斐儿的诗。请允许我用一首写给斐儿的小诗，作为这篇文字的结尾。

### 贺《秋天的红纽扣》付梓

雪花落在东光。秋天的红纽扣
在运河的风中飞翔。她，不坠落
你写的萤火，好像又长高了一些
那越来越亮的红，是吹不散的成色

我闻见你所写出的诗林的鸟鸣
翠绿，明亮。掠过了运河的两岸

天空布满赞美。就用这一朵渔火
点亮时间。就用这一枚红纽扣
以及开花的字，落红成诗心香无边
茂盛，就藏在你笔端涌动那朵字里
日子挨着夜子，把一点点感动织进

那条绯红的围巾。红纽扣的红
不绕过感伤的河流，不绕过风和月
以及缠绵的驹隙。谁翕动你的色泽
试问：这秋天的红纽扣，一苇可航

是为跋。

(岁次庚子年荷月◎河间)